U0152437

西川

唐詩的讀法

香港中文大學出版社

《唐詩的讀法》
　　西川　著

© 香港中文大學 2018

本書版權為香港中文大學所有。除獲香港中文大學書面允許外，不得在任何地區，以任何方式，任何文字翻印、仿製或轉載本書文字或圖表。

本書中文繁體版由傳世活字（北京）文化有限公司授權出版。

國際統一書號（ISBN）：978-988-237-092-0

出版：中文大學出版社
香港 新界 沙田・香港中文大學
傳真：+852 2603 7355
電郵：cup@cuhk.edu.hk
網址：www.chineseupress.com

The Comprehension of Tang Poetry (in Chinese)
By Xi Chuan

© The Chinese University of Hong Kong 2018
All Rights Reserved

ISBN: 978-988-237-092-0

Published by The Chinese University Press
　　　　　　The Chinese University of Hong Kong
　　　　　　Sha Tin, N. T., Hong Kong
　　　　　　Fax: 852 2603 7355
　　　　　　Email: cup@cuhk.edu.hk
　　　　　　Website: www.chineseupress.com

Printed in Hong Kong

本書不是對唐詩的全面論述，
而是針對當代唐詩閱讀中存在的種種問題，
從一個寫作者的角度給出看法，
同時希望為新詩寫作和閱讀提供參考。

小引

今天的寫作者向古人處尋找什麼？

　　南宋辛棄疾《西江月·遣興》詞中句：「近來始覺古人書，信着全無是處。」該詞句化用的是《孟子·盡心下》中著名的說法：「盡信《書》則不如無《書》。」孟子表達出一種「今人」面對「當下」時超拔前人，不完全以前人怎麼說為標準的實踐態度，儘管儒家一般說來是法先王、向回看的。孟子和辛棄疾所言均非寫作之事，其意，更在面對歷史和現實秉道持行，挺出我在，但我們可以將他們的說法引申至寫作以及與寫作直接相關的閱讀上來。不論孟子還是辛棄疾，都是在越過一道很高的生命、經驗、文化、政治門檻之後，忽然就呼應了東漢王充在《論衡·問孔篇》中所發出的豪言：「夫古人之才，今人之才也。」而對王充更直接

的呼應來自唐代的孟郊。韓愈《孟生詩》説孟郊:「嘗讀古人書,謂言古猶今。」演繹一下王充和孟郊的想法就是:古人並非高不可攀;我們從當下出發,只要能夠進入前人的生死場,就會發現前人的政治生活、歷史生活、道德麻煩、文化難題、創造的可能性,與今人的狀況其實差不了多少;古人也是生活在他們的當代社會、歷史邏輯之中;而從古人那裏再返回當下,我們在討論當下問題時便會有豁然開朗的感覺。王充、孟郊等都是要讓自己與古人共處同一生存水準,意圖活出自己的時代之命來。

古人在各方面都立下了標準和規矩,這就是歷史悠久的民族所必須承負的文化之重。

我們今天所説的「傳統」,實際上就是歷史上各種定義、習慣、標準、規矩和價值觀的總和。但當我們要活出自己的時代之命來時,「傳統」的大臉有時就會拉長。為了不讓這張大臉拉得太長,並且能夠從這張大臉上認出我們自己,理解古人和理解我們自己就得

同時進行。「古今問題」一向是中國政治、文化的大問
題，到近代，它與「東西問題」共同構築起我們的上下
四方。

　　採用何種態度閱讀古文學，這個問題我們不面
對也得面對：你究竟是把古人供起來讀，還是努力把
自己當作古人的同代人來讀？這兩種態度會導致不同
的閱讀方法，指向不同的發現。那麼今天的寫作者
會向古人處尋找什麼呢？而把古人供起來讀，一般說
來 —— 僅從文化意義而不是安身立命、道德與政治意
義上講 —— 則是以面對永恆的態度來面對古人作品，
希冀自己獲得薰陶與滋養。其目的，要麼是為了在沒
有文言文、經史子集、進士文化作為背景的條件下，
照樣能夠與古人遊，照樣能夠依樣畫葫蘆地寫兩首古
體詩以抒或俗或雅之情，要麼是為了向別人顯擺修
養，表現為出口成章，揮灑古詩秀句如家常便飯，在
講話寫文章時能夠以「古人云」畫龍點睛，以確立錦心
繡口的形象 —— 這通常叫作「有文采」，事關威信與風

度或者文雅的生活品質。不過，為此兩種目的模仿或
挪用古人者，都離李賀所説的「尋章摘句老雕蟲」不遠
（我當然知道「章句之儒」的本來含義）。往好了説，這
些人通過背誦和使用古詩詞得以獲得全球化時代、社
會主義市場經濟環境中的文化身份感，並以所獲身份
面對民主化、自由、發展、娛樂與生態問題。這當然
也是不錯的。我本人天生樂於從古詩詞獲得修養，但
實話説，有時又沒有那麼在乎。我個人寄望自古人處
獲得的最主要的東西，其實是創造的秘密，即「古人為
什麼這樣做」。

　　一説到唐詩，一提到王維、李白、杜甫、韓愈、
白居易、李賀、李商隱、杜牧這些詩人，一連串的
問題就會自然形成：唐人怎樣寫詩？是否如我們這樣
寫？為什麼好詩人集中在唐代？唐代詩人、讀者、評
論家的詩歌標準與今人相異還是相同？唐代的非主流
詩人如何工作？唐人寫詩跟他們的生活方式之間是什
麼關係？他們如何處理他們的時代……值得討論的問

題太多了，不是僅慨嘆一下唐詩偉大，在必要的時候拿唐詩來打人就算完了。

以現代漢語普通話的發音來閱讀以中古音寫就的唐詩，這本身就有令人不安之處，但撇開音韻問題，自以為是地看出、分析出唐詩的立意之高、用語之妙，依然不能滿足我們對於唐詩生產的種種好奇。《孟子·萬章下》曰：「頌其詩，讀其書，不知其人，可乎？是以論其世也，是尚友也。」

滿地的詩人唱出進士夢想，

借詩塑造、發明世界。

一種生活方式

《唐詩三百首》和《全唐詩》——
課本選文與應酬之作

　　唐代詩人如何獲得創造力，這對於特別需要創造力的今人來講格外重要。一旦古人在你眼中變成活人，而不再是死人，一旦古人的書寫不再只是知識，不再是需要被供起來的東西，不再神聖化，你就會在閱讀和想像中獲得別樣的感受。在社會已不復以文言文作為書寫語言的今天，在外國文學、哲學、社會科學著作被大量譯介的今天，我們實際上已經把唐詩封入了神龕。那麼我們是怎樣把唐詩封入神龕的呢？說來有趣，竟是通過大規模縮小對唐人的閱讀！——顯然太大體量的唐詩我們無力抬起。今天我們每個人（不包括大學、研究所裏專門吃唐詩研究這碗飯的人）說起唐詩，差不多說的都是《唐詩三百首》（外加幾個唐代詩人的個人詩集），不是《全唐詩》；而《全唐詩》，按照康熙皇帝《全唐詩》序所言，共「得詩四萬八千九百

餘首,凡二千二百餘人」。日本學者平岡武夫為編《唐代的詩人》和《唐代的詩篇》兩書,將《全唐詩》所收詩人、作品逐一編號做出統計,其結論是:該書共收詩四萬九千四百零三首,句一千五百五十五條,作者共二千八百七十三人。但這依然不是今天我們所知的全部唐詩和全體唐代詩人的準確數字。若較真兒的話,當然應該再加上今人陳尚君輯校的《全唐詩補編》,再增加詩六千三百二十七首,句一千五百零五條。在湖南洞庭湖區湘水和溈水交匯處的石渚(古地名,位於今長沙丁字鎮)一帶有一個唐代窯址。陶瓷學界因這個窯址地近長沙而稱之為「長沙窯」(也有人稱之為「銅官窯」,以其亦近銅官之故)。人們在這個窯址發現了大量中唐以後的陶、瓷器。在已知瓷器的器身上書有一百餘首唐代詩歌,其中只有十首見於《全唐詩》。這些詩歌肯定多為工匠或者底層文人所作,內容涉及閨情、風情、開悟、道德、飲酒、邊塞、遊戲等。例如:

夜淺何須喚，房門先自開。

知他人睡着，奴自禁聲來。

君生我未生，我生君以（已）老。

君恨我生遲，我恨君生早。

小水通大河，山深鳥宿多。

主人看客好，曲路亦相過。

客來莫直入，直入主人嗔。

打門三五下，自有出來人。[1]

　　這些詩一方面很可愛（其口語的使用令人聯想到「語糙理不糙」的王梵志、寒山的詩歌；而《全唐詩》也並未收入王梵志的詩歌），另一方面比今人的順口溜、打油詩也高明不了多少。不過這卻是唐詩生產的社會文化基礎，這是詩歌無處不在的日常生活的唐朝。這

1　材料見周世榮：〈唐風胡韻長沙窯〉，《收藏》雜誌 2010 年第 2 期，總 206 期。李知宴〈唐代陶瓷的藝術瑰寶長沙窯〉、覃小惕〈文人參與的唐代長沙窯彩繪瓷〉，《收藏》雜誌 2011 年第 5 期，總 221 期。

裏，我們可以將留存至今的唐詩約略的數量與唐代的人口聯繫起來看，因為唐詩生產的規模、品質與唐代人口之間的比例關係，可以被拿來映照、檢討我們今天的寫作與人口狀況之間的關係。遺憾我手頭沒有唐代將近三百年的總人口數，但我們知道安史之亂前的七五四年，也就是唐代最輝煌的時期，它的在冊人口在五千三百萬左右。七五五年安史之亂，到七六四年在冊人口降至一千七百萬左右（大量遷移人口不在這個數字中，可能佔到總人口的三分之二）。八零七年在冊人口不到一千二百五十萬（鳳翔等十五道不申戶口，總人口較天寶年間減四分之三）。八三九年在冊人口兩千五百萬左右。[2] 那麼，從唐人在將近三百年的時間中創作的五、六萬首詩中（還不算亡佚了的）選出三百餘首，這是個什麼含義？

2　據翦伯贊主編《中外歷史年表》所載戶口數乘 5 推算得出。（北京：中華書局，1961），頁 302、307、320、329。

　　如果你有耐心通讀《全唐詩》，或者約略瀏覽一下，你會發現唐代的作者們也不是都寫得那麼好，也有平庸之作。例如號稱「孤篇蓋全唐」的〈春江花月夜〉的作者張若虛，見於《全唐詩》的作品還有一首名為〈代答閨夢還〉，寫得稀鬆平常，簡直像另一個人所作。李白的〈答王十二寒夜獨酌有懷〉，元朝人蕭士贇認為它寫得鬆鬆垮垮，甚至懷疑這是偽作。問題是，元代還有人敢於批評唐詩（明清詩話裏對唐詩又推崇又挑鼻子挑眼的地方更多），但今天的我們都不敢了，因為我們與唐朝人並不處在同樣的語言、文化行為和政治道德的上下文中。縱觀《全唐詩》，其中百分之七十的詩都是應酬之作（中唐以後詩歌唱和成為文人中的一種風氣）。讀《全唐詩》可以讀到整個唐代的社會狀況、文化行進狀況、唐人感受世界的角度和方法、唐人的人生興趣點和他們所迴避的東西。這其中有高峯有低谷，有平面有坑窪，而讀《唐詩三百首》你只會領悟唐詩那沒有陰影的偉大。《唐詩三百首》是十八世紀清朝人的

選本，編者蘅塘退士與唐代隔着明、元、兩宋，甚至北宋之前的五代，他本基於對《千家詩》所收唐宋詩人作品的不滿而為發蒙兒童編選出此書。蘅塘退士《唐詩三百首》原序云：

> 世俗兒童就學，即授《千家詩》，取其易於成誦，故流傳不廢。但其詩隨手掇拾，工拙莫辨，且止五七律絕二體，而唐宋人又雜出其間，殊乖體制。因專就唐詩中膾炙人口之作，擇其尤要者，每體得數十首，共三百餘首，錄成一編，為家塾課本。俾童而習之，白首亦莫能廢，較《千家詩》不遠勝耶？諺云：「熟讀唐詩三百首，不會吟詩也會吟。」請以是編驗之。

《唐詩三百首》編得相當成功：一個詩選本，居然成了一本獨立的名著。但如果我們拿《唐詩三百首》作為討論唐詩的標準材料，其結果：第一，我們是以清中期的審美標準作為我們當下的審美標準；第二，這

也相當於我們以當下中學語文課本所選文章作為討論文學的標準。謬之至也。

隨身卷子 —— 靈感從何而來？

　　寫詩是唐朝文化人的生活方式。既然如此，彼時作詩者肯定就不僅僅是幾個天才。比如說唐朝人怎麼一赴宴就要寫詩？一送別就要寫詩？一遊覽就要寫詩？一高升或一貶官就要寫詩？他們哪兒來的那麼多靈感？一個人不可能有那麼多靈感！作為詩人—作家—官員—隱士也一樣 —— 你不會總是靈感在心的；當你赴宴或送別或在春天三月參加修禊活動時，在沒有靈感的情況下，你寫什麼？你怎麼寫下第一句？好在唐人寫詩的技術性秘密到今天還是可以查到的。而秘密一旦被發現，我們就會對唐人作詩產生「原來如此」的感覺。

　　據唐時日本學問僧、日本佛教真言宗的開山祖師

弘法大師（此為大師圓寂後所獲天皇諡號，其生前法號為遍照金剛，又稱空海法師）《文鏡秘府論・南卷》中〈論文意〉篇講：「凡作詩之人，皆自抄古今詩語精妙之處，名為隨身卷子，以防苦思。作文興若不來，即須看隨身卷子，以發興也。」同書又引名為《九意》的隨身卷子為例：《九意》者，「一春意；二夏意；三秋意；四冬意；五山意；六水意；七雪意；八雨意；九風意。」「春意」條下有一百二十句，如「雲生似蓋，霧起似煙，垂松萬歲，臥柏千年，羅雲出岫，綺霧張天，紅桃繡苑……」。「秋意」條下有一百四十四句，如「花飛木悴，葉落條空，秋天秋夜，秋月秋蓬，秋池秋雁，秋渚秋鴻，朝雲漠漠，夕雨濛濛……」。這樣的寫作參考書其實已經規定了詩歌寫作在唐朝是一種類型化的寫作，從題材到意蘊都是類型化的，與今天的、現代的、個性化的寫作極其不同。古人詩歌寫作的類型化特徵與傳統繪畫，以及寺院佛造像、戲曲等的類型化特點基本相通。這大概也是中國古代藝術的核心特徵。宋朝郭若虛《圖

畫見聞志》卷一「敘製作楷模」一節，對畫人物者、畫林木者、畫山石者、畫畜獸者、畫龍者、畫水者、畫屋木者、畫翎毛者等，都有從內容到形式到品位的明確要求。這就是一個例證。

那麼回到詩歌的話題上，我們現在所知當時的這類寫作參考書有：元兢《古今詩人秀句》二卷、黃滔《泉山秀句集》三十卷、王起《文場秀句》一卷等。[3] 呵呵，今天的詩人們靠寫作參考書是沒法在詩壇上混的！換句話說，唐代資質平平的詩人們要是活在今天，可能於以現代漢語寫作抒懷只能乾瞪眼。不僅今人到古代難混，古人在今天也難混。

寫詩當然不僅僅是抒懷和簡單的套路化的書寫動作，它後面還牽涉到太多的歷史、制度、文化風氣等因素。我一向認為一個時代的寫作與同時代其他領域的藝術成就不會相差太遠。它們之間會相互牽引，相

3　張國風著：《傳統的困窘——中國古典詩歌的本體論詮釋》（北京：商務印書館，1999），頁215–216。

互借鑒，構成一個總體的文化場。所以詩歌在唐代也
不是一枝獨秀。蘇軾在《書吳道子畫後》一文中說：

> 知者創物，能者述焉，非一人而成也。君子之於
> 學，百工之於技，自三代歷漢至唐而備矣。故詩至
> 於杜子美，文至於韓退之，書至於顏魯公，畫至於
> 吳道子，而古今之變，天下之能事畢矣。

　　這裏，蘇軾還沒有提到唐代的音樂、舞蹈、工
藝美術、習俗、娛樂方式、長安城的國際化、佛經翻
譯、教育制度、思想界的狀況、皇室的藝術趣味等
等。我們在此也是姑且只討論一下詩歌書寫。在我看
來，詩歌書寫牽涉到一整套寫作制度。時常有人（例
如季羨林、夏志清等）站在古詩的立場上批評新詩，那
其實都是極片面之語。在唐朝，詩歌寫作是跟整個政
治、教育、官員選拔制度捆綁在一起的。

進士文化 —— 社會向上流動之途

　　這裏必須說到唐朝的科舉考試。關於這個問題的歷史資料並不難查到，網路上、各種論述唐代文化史的著作中都有。傅璇琮先生專門著有《唐代科舉與文學》一書。但是為了行文的完整，我還是簡略交代一下：科舉考試制度始於隋代，它是對曹魏時代以來九品中正制和豪門政治的平衡進而替代。唐代科舉考試就其類別而言分貢舉、制舉和武舉。武舉創始於武則天時期，在唐代並不經常舉行。皇帝不定期特詔舉行的專科考試，叫制舉。通常我們所說的科舉考試，主要是指貢舉：士子諸生從京師和州縣的學校(國子監六學，弘文、崇文二館及府州縣學)出來，參加尚書省考試的叫生徒；沒有學校出身，先在州縣通過考試的人也可以到尚書省應試，他們被稱作貢士，或鄉貢士。唐代一年一度的貢舉考試一開始分明經、明法、明算、明字、進士、秀才等許多科，後來簡約為明經和進士兩科。傅

璇琮以為，唐初科舉止「試策」；進士科在八世紀初開始
採用考試詩賦的方式，到天寶時以詩賦取士成為固定格
局。又有學者根據出土墓誌，將「雜文全用詩賦」的時
間最早推至唐高宗永隆二年（六八一年）「制試雜文」稍
後。[4] 進士科以詩賦取士的考試內容為「貼經」（考儒家
經典）、「雜文」（考詩賦）、「時務策」（考時政對策）。與
進士科考試配合的有一個「行卷制度」，就是在考試之
前，你得拜訪公卿碩儒和掌握考試大權的人，遞上你
的詩賦，以期他們能對你有個好印象，這有利於你在
考試中拿到好名次。

　　唐代的科舉閱卷方式與宋代不同，唐代的試卷不
封名，而宋代封名。所以在唐代，以詩賦謁公卿是一
件重要的事。每年全國進士科考生一、兩千人，能考
上的只有一、二十人。「三十老明經，五十少進士」的
說法是唐代通過進士科考試之難的真實寫照。其困難

4　賈丹丹：〈論「詩賦取士」之前唐初科舉與詩歌的關係〉，《西南大學學報》
　　（社會科學版）2009 年 7 月號，總第 35 卷第 4 期。

程度恐怕要遠遠超過今天的公務員考試。唐代官制是
恩蔭系統與科舉系統並存的。前者是貴族政治的產
物，後者則成為普通士子們的主流晉升之途。士子
進士及第後還得通過尚書省下吏部的考試，其內容包
括：身（體格）、言（談吐）、書（楷書書法）、判（寫判
決書），通過了才能做官。而做官，到廟堂裏坐一坐，
對古代的詩人們並不是可有可無之事。清代那個講
究「性靈」、崇尚情趣與韻味、看來相當自以為是的袁
枚，在贊成文人做官這件事上一點兒不含糊，這不同
於當今喜歡區分官方、民間的有思想和獨立精神的文
人們的看法。袁枚《隨園詩話》卷四言：

> 詩雖貴淡雅，亦不可有鄉野氣。何也？古之應、
> 劉、鮑、謝、李、杜、韓、蘇，皆有官職，非村
> 野之人。蓋士君子讀破萬卷，又必須登廟堂，
> 覽山川，結交海內名流，然後氣局見解，自然闊
> 大；良友琢磨，自然精進。

　　據學者統計，北宋王安石編《唐百家詩選》中近百分之九十的詩人參加過科舉考試，進士及第者六十二人，佔入選詩人總數的百分之七十二。而《唐詩三百首》中入選詩人七十七位，進士出身者四十六人。這裏必須說明的一點是：詩人們的進士出身與詩人們應試時具體寫出的詩歌應該分開來看。事實上，許多進士及第者的應試詩寫得雖然中規中矩，但卻並沒能反映出作者們真正的詩歌才華。韓愈曾在《答崔立之書》中自揭其短：「退自取所試讀之，乃類於俳優者之辭，顏忸怩而心不寧者數月。」明末清初顧炎武在《日知錄》卷二十一中說：「唐人以詩取士，始有命題分韻之法，而詩學衰矣！」顧炎武的楷模是《詩經》和《古詩十九首》，但其判斷顯然有誤。此一判斷無法解釋唐宋詩中偉大的篇章。今人也有命題作文，但沒有人真把命題作文當回事。真正的寫作有其自身的動機和依憑。客觀上說，唐代以詩賦取士還是促進了社會對詩歌寫作的重視，使得詩歌寫作成為進士文化的重要組成部分。我

們今天許多高唱傳統文化的人，其實高唱的是由歷代進士們和夢想成為進士的學子們共同搭建起來的進士文化。這也就是隋以後或者更主要是唐以後的精英文化。我指出這一點的意思是，在很多尋章摘句者的心裏，先秦、兩漢、六朝的文學成就其實是模模糊糊地存在着的。或者說，許多人不能區分唐宋之變以前和唐宋之變以後的頗為不同的中國文學。

　　對今天的許多人來講，所謂古典情懷，其實只是容納小橋流水、暮鴉歸林的進士情懷。人們想當然地認為自己屬於這個進士文化傳統，人們甚至在潛意識裏自動將自己歸入古代進士的行列，而不會勞心設想自己在古代有可能屢試屢敗，名落孫山，命運甚至比一中舉就瘋掉的范進還不如，或者根本沒有資格參加科舉考試（例如女士們）。這種相信明天會更好的樂觀主義、相信昨天也更好的悲觀主義，有一個共同的基礎，那就是無知 —— 對古人生活的無知，對當代生活的無知和對自己的無知。這讓人說什麼好呢！—— 有

點走題了。回歸嚴肅的進士文化話題。進士文化，包括廣義的士子文化，在古代當然是很強大的。進士們掌握着道德實踐與裁判的權力，審美創造與品鑒的權力，知識傳承與憂愁抒發的權力，勾心鬥角與政治運作的權力，同情、盤剝百姓與賑濟蒼生的權力，製造輿論和歷史書寫的權力。你要想名垂青史就不能得罪那些博學儒雅，但有時也可以狠叨叨的、誆人不上稅的進士們。在這方面一個很好的例子出在唐太宗朝官至右丞相的大官僚、大畫家、《步輦圖》和《歷代帝王圖》的作者閻立本身上。唐代張彥遠《歷代名畫記》卷第九載：「（立本）及為右相，與左相姜恪對掌樞務，恪曾立邊功，立本唯善丹青。時人謂《千字文》語曰：『左相宣威沙漠，右相馳譽丹青。』言並非宰相器。」類似的敘事亦見唐人劉肅的《大唐新語》。張彥遠這裏所說的「時人」係指當時的士子們。閻立本曾於唐高宗總章二年（六六九年）以關中饑荒為由放歸了國子監的學生們。其背後的原因是：唐初朝廷曾因人才匱乏命

國子監學生「明一大經」(《禮記》、《左傳》為大經) 即可補官，但到總章年間 (六六八—六七零) 已授官過多，而這些官員雖通先師遺訓卻不長於行政與帳目管理，可閻立本又得仰仗中下層文吏來辦事，不得不對文吏們有所傾斜。這下就得罪了士子們。此事雖與科舉考試無直接關係，但我們在這裏可以看到士子輿論的強大，它甚至能影響到歷史的書寫。士子們是要參加科舉考試的，而閻立本本人作為貴族，不是通過科舉考試而是走恩蔭之途坐上的官位，這恐怕也是閻立本的麻煩所在。士子進士們常自詡「天之降大任」，是不會「以吏為師」的。本文開頭提到過的王充雖為東漢人，但其對比儒、吏的言論定為唐代士子們所歡呼。《論衡·效力篇》云：「文吏以理事為力，而儒生以學問為力。」《程材篇》云：「牛刀可以割雞，雞刀難以屠牛……儒生能為文吏之事，文吏不能立儒生之學。」所以讀聖賢書的士子們埋汰閻立本。對此張彥遠評論道：「至於馳譽丹青，才多輔佐，以閻之才識，亦謂厚

誣。」唐代玄宗朝還有一個「口蜜腹劍」、惡名永垂的奸相李林甫，宗室，也不是進士出身，也得罪了士子們。不幸的是，他也是個畫家。其父李思誨，畫家；伯父李思訓更是繪畫史上赫赫有名的人物，人稱「大李將軍」（他曾官至左羽林大將軍、右武衛大將軍）；而李思訓之子、被稱作「小李將軍」、官職太子中舍的畫家李昭道乃其從弟。在《歷代名畫記》中張彥遠說：「余曾見其（指李林甫）畫跡，甚佳，山水小類李中舍也。」這與北宋歐陽修等合撰的《新唐書‧李林甫傳》所稱「林甫無學術，發言陋鄙，聞者竊笑」之語似有不同。天寶三年（七四四年）賀知章告老還鄉 —— 不僅李白認識賀知章，李林甫也認識賀知章 —— 李林甫作《送賀監歸四明應制》詩曰：

掛冠知止足，豈獨漢疏賢。
入道求真侶，辭恩訪列仙。
睿文含日月，宸翰動雲煙。
鶴駕吳鄉遠，遙遙南斗邊。

這不是什麼好詩，但比進士們的一般作品也差不了太多。唐天寶六年（七四七年），玄宗詔令制舉：通一藝者詣京應試。在這位畫藝「甚佳」、被讚譽為「興中唯白雲，身外即丹青」的李林甫的操縱下，竟無一人被錄取，還上奏說「野無遺賢」。在那些被李林甫擋住的「遺賢」裏，有一位就是咱們的詩聖杜甫。其實這「野無遺賢」的說法出自《尚書‧大禹謨》：「野無遺賢，萬邦咸寧。」——李林甫當然不是文盲，而且有可能真瞧不上應試的士子們。這樣，他就狠狠地招惹了士子、進士們，他「奸相」的名頭就算定下來了，無可挽回了，徹底完蛋了——他別的惡行姑且不論（例如杖殺北海太守李邕和刑部尚書裴敦復）。除了唐朝的宗室貴族對新興的進士集團心存警惕，源自兩晉、北朝崇尚經學、注重禮法的山東舊族對進士集團也持有負面看法，認為後者逞才放浪、浮華無根。這成為中唐以後持續五十年的牛李黨爭的原因之一。大體說來，牛僧孺的牛黨是進士黨，李德裕的李黨是代表古老價值觀

的士族黨。這是陳寅恪的看法。

　　但歷史總是要前進的。唐以後的中國精英文化實際上就是一套進士文化（宋以後完全變成了進士──官僚文化）。今人中亦有熱衷於恢復鄉紳文化者，但鄉紳文化實屬進士文化的下端，跟貴族李林甫、閻立本沒什麼關係。如果當代詩人們或者普通讀者一門心思要向中國古典情懷看齊，那麼大家十有八九是一頭扎進了進士情懷──即使你是個農民、下崗職工、打工仔、個體工商戶、屌絲（編註：中國大陸的流行語，指人生失敗者），你也是投入了進士情懷。這樣說一下，很多問題就清楚了。豐富的中國古典詩歌在今天是我們的文化遺產，但在它們被寫出來、吟出來的時刻它們可不是遺產。它們的作者們自有他們的當代生活。它們跟歷史人物、歷史事件、時代風尚、歷史邏輯之間的關係千絲萬縷，我們沒有必要為他們梳妝打扮，剪枝去葉。真正進入進士文化在今天並不那麼容易：沒有對儒家經典、諸子百家、《史記》、《漢書》的熟悉，

你雖有入列之心卻沒有智識的台階可上。古詩用典，客觀上就是要將你排除在外的，因為你沒有受過訓練你就讀不懂。你書房、案頭若不備幾部龐大的類書，你怎麼用典，怎麼寫古體詩啊！而你若寫古體詩不用典，你怎麼防止你寫下的不是順口溜呢？從這個意義上說，古詩寫作中包含了不同於貴族等級制度的智識等級制度。它其實並不主要對公眾說話，它是同等學識、相似趣味的士子、進士們之間的私人交流。即使白居易憫農，他也主要是說給元稹、劉禹錫聽的，然後再傳播給其他讀書人，或者皇帝也包括在內。即使沒文化的老太太能聽懂白居易淺白的詩歌，淺白的白居易也並不真正在乎在老太太們中間獲得鐵杆粉絲團。他是官僚地主。他在從杭州寄給元稹的詩中自況：「上馬復呼賓，湖邊景氣新。管弦三數事，騎從十餘人。」自杭州刺史任上離職後他在洛陽營造的宅園佔地十七畝。白居易是居高臨下的人。他詩歌中的日常有限性、私人敘事性、士大夫趣味、頹靡中的快意、

虛無中的豁達，根本不是當代人淺薄的勵志正能量賀
卡填詞。同樣，不能因為李白寫了通俗如大白話的「牀
前明月光」（「牀」究竟是指睡牀，坐牀，還是井牀？），
我們就想當然地以為李白是可以被我們隨意拉到身邊
來的。雖說李白得以被玄宗皇帝召見是走了吳筠、元
丹丘、司馬承禎、玉真公主這樣一條道士捷徑，但李
白在〈古風・其一〉的結尾處説：「我志在刪述，垂輝映
千春。希聖如有立，絕筆於獲麟。」他這裏用的是孔夫
子以魯哀公十四年西狩獲麟作為《春秋》結束的典故。
所以，儘管李白以布衣幹公卿，為人飛揚跋扈，但儒
家文化依然管理着他，他依然屬於進士文化。但這樣
一個人為什麼沒有參加進士考試呢？可能的原因是，
李白沒有資格參加。按照唐朝的取士、選官規定，「工
商之家不得預於士」（《大唐六典・戶部》），刑家之子
也不得參加考試（《新唐書・選舉志下》）。李白的家族
大概和這些事都沾邊。而恰恰是因為李白沒有參加科舉
考試的資格，日本學者小川環樹推測在李白的精神裏存

在一種「劣等感」。⁵ 如果真是這樣，那我們就更加容易
理解李白的「飛揚跋扈」：它與進士文化的反作用力有
關。「劣等感」和「自大狂」這兩種心理聯合在一起時，
奇跡就會發生！

　　我想，將這些話講得明白一點，對於維護中國
古典詩歌的尊嚴，也許不無好處。今人都知道「穿越」
這個詞，但當你穿越到古代——不僅是唐代——你
會發現，古人對詩歌、詩人同行的態度迥然不同於今
人。據說柳宗元在收到韓愈寄來的詩後，要先以薔薇
露灌手，然後薰以玉蕤香，然後才展讀。古人並不舉
辦我們在今天搞的這種詩歌朗誦會，古人讀詩時也不
會美聲發音，古人也沒有電視所以不可能在電視台的
演播廳裏做配樂詩歌朗誦。古代有「黔首」的概念，但
沒有「大眾」的概念。「大眾」的概念是現代政黨政治
的產物。老百姓或者大眾，當然應該被服務，應該被

頌揚，其文化要求應該被滿足，但古代的進士們沒有聽說過這麼先進的思想，儘管他們懂得「仁者愛人」。很遺憾，除了在清末，進士們與源自西方的「進步」歷史觀無緣，所以進士詩人們並不以為詩歌可以將他們帶向未來。明代以來，他們甚至也不想把詩歌帶向哪裏，而是樂於被詩歌帶向某個地方 ── 家鄉、田園、溫柔鄉、青樓、帝都、山川河流，或者過去的遠方如廢墟、古戰場等等。所謂不把詩歌帶向哪裏是指：他們不考慮在創造的意義上對詩歌本身進行多大改造。他們不改造詩歌的形式，不發明詩歌的寫法，而是進入類似十九世紀英國浪漫又有些唯美的詩人約翰・濟慈（John Keats）所謂的「消極狀態」，被一種「零狀態」的、永恆的、自然的、農業的詩意以及現成的修辭方式和詩歌形式帶向某個地方。

那麼，明清也有科舉制，為什麼詩歌繁盛局面不再？

首先，中國古代文學從詩騷到詩賦，到詞曲話本，到傳奇或小說，有這麼一個文體嬗變的過程。唐

詩的發生有其歷史的必然，唐詩的結束也有其歷史的必然——也就是說不可能有第二個滿地詩人的唐朝。我們因此也不必患上「回到唐朝焦慮症。」

　　第二，唐朝接續隋朝，而隋朝在開皇三年（五八三年）即已開始「勸學行禮」「化民善俗」了。唐開國不久，便於武德七年（六二四年）詔令州縣及鄉設置學校。唐代的鄉村學校並無政府固定供給的經費，主要靠束脩和個人資助，因而受政局興衰影響不大。即使安史之亂，也沒能摧毀鄉學系統。[6] 這保證了唐詩創造的社會教育基礎。杜佑《通典》卷十五載唐代「五尺童子，恥不言文墨焉」（這裏說的「尺」是古尺）。唐代的最高學府是國子監。還是在唐初的貞觀十四年（六四零年），國子監生徒既達八千餘人，其規模相當於一九八零年北京大學在校學生數。而一九八零年全中國人口為九個億。

6　趙文潤主編：《隋唐文化史》（西安：陝西師範大學出版社，1992），頁369–370。

　　第三，李唐宗室的父系來自西涼（或許為李初古
拔氏的後裔），不是來自河南或者山西；李唐宗室的母
系，按照陳寅恪在《唐代政治史略稿》中的說法，「皆
是胡種」。所以唐朝的社會風氣較為開放。婦女在唐
代較在其他朝代，享有更大的社會自由度，這對文藝
創作、文藝風尚均有好處。朱熹《朱子語類・歷代三》
云：「唐源流出於夷狄，故閨門失禮之事不以為異。」
此外，初唐人都有一股子少年英豪之氣，有一種別開
生面的朝氣。

　　第四，唐代有多位皇帝在寫詩方面起到了表率
作用。太宗、中宗、玄宗、德宗、宣宗皆有詩才。唐
代的宮廷生活中充滿了詩歌因素。中宗時君臣同樂的
主要內容之一就是進行詩歌比賽。武則天的「巾幗宰
相」上官婉兒在中宗朝主持風雅，居然敢於而且能夠在
沈佺期、宋之問的作品之間，以文學批評的眼光做出
優劣判斷。還有，白居易過世後，宣宗曾為挽詩以吊
之。這都是有名的故事。

　　第五，唐代有官辦的教坊和梨園。舞蹈姑且不論，歌總是需要歌詞的，這在某種意義上既推動了詩歌創作，也對詩歌構成了限制。唐詩中有些作品其實是歌詞類作品（如李白的「雲想衣裳花想容」）。既然是歌詞，其語言便必有公共性，其語言密度便不可能過高，其題材便不可能過僻。既然歌曲需要被在特定場合演唱，有些歌詞就必須具備角色感。在中國古詩中，常見男人發女聲，這除了男性作者以男女關係喻君臣關係，可能也與有些詩本就是為女性歌伎的演唱而作有關。另外，西域音樂的傳入也影響到人們語言表達的節奏感。中國古代詩與詞的密切關係影響到詩也影響到詞，這與現代詩跟歌詞之間相距甚遠的情況相當不同。

　　第六，寫詩成為了一種生活方式。唐人喜歡塗塗寫寫，在人流密集的名勝、街市、驛站、寺院，都會有為詩興大發的人們準備好的供題詩用的白牆。後來題的詩太多了，人們又會準備好用於懸掛的「詩板」。

這在今天很難想像：今天的人們喜歡糊塗亂抹的內容是「某某到此一遊」或者「某某愛某某」。當代中國人已經無文到如此程度，搞得寫詩像一件非法勾當。而在唐代，連小流氓身上的刺青也是「詩意圖」一類。

第七，前朝的周顒、沈約這些人定「四聲」（平上去入）、「八病」（平頭、上尾、蜂腰、鶴膝、大韻、小韻、旁紐、正紐），把詩歌的「聲律」和「法律」（指體制短小的律詩所需的經濟結構）都準備好了。甚至晉宋之際的詩人、書法家、畫家、佛經譯者、懷有政治野心、好遊山玩水的謝靈運，得僧慧睿指教梵文，作《十四音訓敘》等，都在客觀上為後來唐詩平仄格律的完善做下了準備。沒有由佛教進入所帶來的對梵文的了解，也就沒有對漢語發音聲母、韻母的認識，也就無從為詩歌建立格律。在韻腳方面，隋代陸法言記錄總結了顏之推、盧思道、薛道衡等八人的審音原則，折中南北音系整理出《切韻》一書，在唐代初年被定為官韻。後來唐人王仁昫加工《切韻》為《刊謬補闕切

韻》，其刻本幸虧保存在了敦煌藏經洞中，使我們能在今天仍得一見其樣貌。

第八，在文學領域，唐人的寫作對手是宋齊梁陳還有隋代的詩人們。初唐陳子昂就意圖讓寫作回到建安風骨。李白在詩中說：「自從建安來，綺麗不足珍。」韓愈在詩中說：「齊梁及陳隋，眾作等蟬噪。」元稹以為宋齊梁陳之詩文「吟寫性靈，流連光景」「淫艷刻飾，佻巧小碎」（《唐故工部員外郎杜君墓系銘並序》）。唐人哪裏瞧得上眼前的前人？回到更古老時代的寫作尚可接受。李白與韓愈都有復古傾向。李白不喜沈約尚聲律，自稱「將復古道，非我而誰與？」（語見晚唐孟棨《本事詩・高逸第三》）韓愈的復古我們後面再說。寫作者與寫作對手的關係在討論文學問題時並非無關緊要，但單純的、沒有足夠寫作經驗的批評家們和古典文學研究者們不理解這一點。寫作對手、說話對象的問題也體現在文化、思想、政治、宗教寫作中。還是王充能夠燭幽辨暗，他說：「夫賢聖之興文也，起事

不空為，因因不妄作。」(《論衡‧對作篇》)我想非賢聖興文，情況亦當類似。

　　從今天的角度總體看來，唐人寫詩，是充足才情的表達，是發現、塑造甚至發明這個世界，不是簡單地把玩一角風景、個人的小情小調。宋初西昆體詩人們選擇晚唐詩，尤其是李商隱詩的典麗作為寫作楷模，但很快被梅堯臣、歐陽修、王安石所修正，之後的多數詩人們繼續發現、塑造世界與人，並開拓出自己的詩歌宇宙。到了明清，詩歌就不再是探索的媒介了；在和平時期，情趣、韻味、性靈拴住了大多數高級文人，使之格局越來越小(儘管也有明初高啟和明末清初〈圓圓曲〉作者吳梅村這樣的詩人)。當今的小資們都愛清代的納蘭性德，但小資們的投票恰恰表明了納蘭性德與小資品位的相通。到查慎行，人們對他的稱讚是「狀物寫景極為工細」——這還怎麼弄呢！明清也有科舉制，但促成詩歌成就的不僅僅是科舉制度，它應該是各種制度、各種思想準備、人們感受世界的

方式、社會風氣和語言積累疊加在一起的結果，當然也離不開天才的創造。而到如今，我們這個社會，有人建議高考語文試卷應允許寫點詩歌，其實若真是這樣，對促進社會接受詩歌（而且是新詩）也不管用，因為整個當下的寫作制度、語言環境、文化環境（包括本土的和國際的）、生活的物質品質、人們對生活可能性的想像等，跟唐朝完全不同。

我在其他文章中談到過，唐朝成為詩歌的朝代，是付出了代價的。連掙錢都得付出代價就別說寫詩了。唐朝為它的詩歌成就付出的代價就是，沒有大思想家的出現。漢代有陸賈、賈誼、董仲舒、桓譚、王充、王符，有《淮南子》的作者們，有與帝國相稱的思想遺產，有結構性的寫作；宋代有周敦頤、二程、邵雍、李覯、張載、朱熹、陸象山；明代有王陽明、李贄，直到明末清初還有黃宗羲、顧炎武、王夫之等。而在唐朝，喜歡動腦子而不是僅僅抒情的人有韓愈、柳宗元、劉禹錫、李翱等，但他們都是靈感式地思考

問題，沒有系統，不是結構性的思想家。在思想史上，韓愈佔據重要位置，但韓愈本人的思想書寫説不上深入和廣闊。所以蘇軾説唐朝人「拙於聞道」。唐朝的佛經翻譯和史學思想成就高邁，但沒有出現過戰國、兩漢、兩宋意義上的思想家。唐人感受世界，然後快樂和憂傷。唐人並不分析自己的快樂和憂傷。冥冥中唐人被推上了抒情之路。呂思勉在《中國通史》中説：「與其説隋唐是學術思想發達的時代，不如説隋唐是文藝發達的時代。」[7] 我之所以在其他文章中指出唐代為其詩歌成就付出了沒有思想者的代價，一則是我在自己的閱讀中發現了這一點，後來又發現蘇軾等人與我持相同的看法，我為此而興奮；二則是我的主要關注點在當代寫作，我不認為當代寫作必須回到唐朝，因為我們必須處理我們這充滿問題的時代，並以我們容納思想的寫作呼應和致敬唐人的創造力。

7　呂思勉著：《中國通史》（上海：中華書局，2015），頁193。

　　我的上述觀點表達在我出版於二零一二年的《大河拐大彎》一書中。該書出版後，上海張定浩在他的名為〈拐了彎的詩人〉的書評中對我提出批評。他大概是受到了葛兆光教授以新歷史主義的方法寫《中國思想史》所啓發。他說「作為一個也讀過幾天書的人，我不由地替唐代的讀書人抱屈，他們可不是在要詩還是要思想之間左右徘徊的當代詩人。在唐代的大多數時候，思想界是三教並存，互相激發。唐代宗時有李鼎祚《周易集解》，『權輿三教，鈐鍵九流』，可謂易學思想的高峯之作；武則天時期譯出八十《華嚴》，對宋以後哲學思想有大影響；宣宗中興之後，更是有禪宗一花五葉的大發展；至於道教，最重要的有關外丹轉向內丹的系統性的完整變化，也發生在唐末。較之於日後宋明理學的一統天下，唐代思想界要複雜許多，而唐代詩歌的活力，在很大程度上恰恰是來自於這種複雜。」——對不起，這樣的討論讓我想到我們的時代其實也不差：我們的學者們翻譯了馬列全集以

及從海德格爾（Martin Heidegger）、維根斯坦（Ludwig Wittgenstein）到傅柯（Michel Foucault）、本雅明（Walter Benjamin），從哈耶克（Friedrich von Hayek）、以賽亞・伯林（Isaiah Berlin）到漢娜・鄂蘭（Hannah Arendt）、約翰・羅爾斯（John Rawls）等等的五花八門的左中右著作，這些譯作無疑對當代和將來的中國思想界、文學界、藝術界都是和都會有影響的。但譯者們還不是我說的思想家們。唐末、五代外丹轉內丹的話題說起來是學問，聽起來挺高深，但其思想史意義恐怕類似於當今的信鬼變成信外星人，以及從紙書閱讀轉向手機閱讀（如果稍微認真地看待外丹、內丹的問題，其轉變的原因之一是，煉外丹走不通了才走向煉內丹，這充分見出古人不撞南牆不死心的精神韌力）。這些轉變都具有思想史意義，但不是思想家的思想史。關於當代中國的思想界我有些話不便明說，但可以舉個西方思想界的例子類比一下：加拿大傳播學家馬歇爾・麥克魯漢（Marshall McLuhan）對媒體傳播的討論夠重要了，

但沒有人把他與傅柯、德里達(Jacques Derrida)相提並論。我願意按照張定浩的「讀書人」思路充分肯定我們時代那些非主流思想家們、草根思想家們的工作的歷史意義，但看來我得首先修改我對思想家的定義。我甚至也開始有點猶豫是否應該依着張定浩的觀點，轉頭指責蘇軾、呂思勉以及過去我在文章中提到過的馮友蘭等人在談到唐人的學術和思想時都是在胡扯。張定浩的觀點也許沒錯，但他對文學的理解和想像不是我的理解和想像。

千百年後仍迷倒披頭族與

嬉皮士的瘋癲悟道者。

一種人生遭際與宗教啓悟的產物

和尚們的偈頌 —— 白話成詩

張定浩在批評我的文字中提到禪宗在宣宗中興以後「一花五葉」的大發展（我讀到的材料說此一發展的時間段要再靠後些），但沒有解釋怎樣叫作「一花五葉」，是哪五葉 ——「讀書人」嚇唬人的小心眼兒。呵呵。我在這裏為他做個註解：這個說法來自《六祖壇經·付囑品第十》（宋釋道原《景德傳燈錄》卷二十八亦有記載）。在禪宗六祖惠能入滅前，其弟子法海上座問：「和尚入滅之後，衣法當付何人？」惠能大師引禪宗祖師達摩的偈子言法衣不合再傳：

吾本來茲土，傳法救迷情。
一華開五葉，結果自然成。

後來在唐末五代時期，禪宗從青原行思一系形成曹洞宗、雲門宗和法眼宗；從南嶽懷讓一系形成為仰宗和臨濟宗。這是對「五葉」的一種解釋。另一種解

釋為：五葉代表五代，指達摩以下的慧可、僧璨、道信、弘忍和惠能。我不知張定浩取的是哪種解釋。佛教傳入中國的時間一般有兩種説法：一為西漢哀帝元壽元年（公元前二年），一為東漢明帝永平十年（六十七年）。李學勤先生認為，細讀《史記》，會發現秦代已有佛教寺廟。禪宗依真如佛性為形而上基礎，認識到「佛是自性，莫向心外求」，把原始佛教的佛度、師度變為道由心悟、自性自度，對於佛教的本土化起到了重要的推動作用。而這其中的關鍵人物即禪宗六祖惠能。

惠能又被尊為南宗禪的大宗師。他生在太宗貞觀十二年（六三八年），入滅於玄宗先天二年（七一三年），享年七十六歲。他去世的前一年杜甫出生。據説武則天在萬歲通天元年（六九六年）曾遣使對惠能表達過尊崇之情。憲宗皇帝追諡惠能為「大鑒禪師」。但禪宗真正發達起來，一花開五葉，是到了唐末五代。把這事算在唐代當然也可以，但「五葉」對唐代的主要詩人們大概沒什麼影響，也就是説沒能構成對話關係。

或許那位沒能從五祖弘忍處繼承法衣的大和尚、後來被尊為北宗禪大宗師的講究「漸悟」的神秀，倒是對唐代的詩人們，至少對王維的寫作，產生過影響（王維的母親曾師事神秀弟子大照禪師普寂三十餘載，但王維也了解惠能，曾作〈能禪師碑〉。另外需要說明的一點是：「頓悟」說並不始於惠能，而是始於晉宋之際、鳩摩羅什的著名弟子竺道生）。杜甫雖是典型的儒家詩人，但似乎也對北宗禪懷有好感。他曾在〈秋日夔府詠懷奉寄鄭監李賓客一百韻〉一詩中說：「身許雙峯寺，門求七祖禪。」這裏所說的「七祖」，一些學者認為指的就是普寂。神秀於久視元年（七零零年）被武則天遣使自江陵當陽山玉泉寺迎至洛陽，後召至長安，年九十餘歲，深得武則天敬重。中宗即位，更加禮重。神秀於神龍二年（七零六年）逝世。弟子普寂、義福（行思）繼續闡揚其宗風，盛極一時，兩京之間幾皆宗神秀。北宗禪後來傳至日本，但在唐土沒能傳出幾代。後世的禪宗全依惠能的南宗禪。

　　禪宗南北宗的問題值得一說。南宋嚴羽著《滄浪詩話》,「論詩如論禪」,所依的禪宗當為南宗禪。明代董其昌依南宗禪倡南宗繪畫,或曰文人畫,將文人畫的老祖宗追溯到唐代的王維,可董其昌疏忽了一點,即王維的佛禪恰恰不完全是南宗禪而是北宗禪或南北宗的混合。當然,惠能在〈頓漸品第八〉中說:「法本一宗,人有南北;法即一種,見有遲疾。何名頓漸?法無頓漸,人有利鈍,故名頓漸。」但由於南宗禪對宋以後中國文化的影響頗大,所以這一話題不應輕易繞過。

　　惠能和尚不識字,所以當他在〈付囑品第十〉中以「三十六對法」闡明佛教的中道觀時,直令人覺得他是以奇跡講述奇跡:

　　　　對法外境,無情五對:天與地對,日與月對,明
　　　　與暗對,陰與陽對,水與火對,此是五對也。法
　　　　相語言十二對:語與法對,有與無對,有色與無
　　　　色對,有相與無相對,有漏與無漏對,色與空

對，動與靜對，清與濁對，凡與聖對，僧與俗
對，老與少對，大與小對，此是十二對也。自性
起用十九對：長與短對，邪與正對，痴與慧對，
愚與智對，亂與定對，慈與毒對，戒與非對，直
與曲對，實與虛對，險與平對，煩惱與菩提對，
常與無常對，悲與害對，喜與嗔對，舍與慳對，
進與退對，生與滅對，法身與色身對，化身與報
身對，此是十九對也。

師言此三十六對法，若解用，即道貫一切經法，
出入即離兩邊。

惠能以這些成對的概念討論問題，不是在對對
子，而是賦予大千世界以秩序，簡直像以哲學範疇整
理世界的康德！大師確為古今第一大根器。他甚至談
到外國語：「何名『波羅蜜』？此是西國語，唐言到彼
岸，解義離生滅。著境生滅起，如水有波浪，即名於
此岸，離境無生滅，如水常通流，即名為彼岸，故號

『波羅蜜』。」(〈般若品第二〉)每句五言,接近於偈頌。不過,此刻我對《壇經》的興趣更多與詩歌創作有關。《壇經》中載有大和尚多首偈頌,除了那首「菩提本無樹,明鏡亦非台。本來無一物,何處惹塵埃」,尚有一些詩偈非常之好,如〈機緣品第七〉中:

> 不見一法存無見,大似浮雲遮日面。
> 不知一法守空知,還如太虛生閃電。
> 此之知見瞥然興,錯認何曾解方便。
> 汝當一念自知非,自己靈光常顯現。

　　這首偈子完全是七言詩的樣貌;其比喻用得驚人,又是太陽又是閃電,不是一般熱愛落日與明月的唐代詩人的語氣。整個偈子用語暢達,居然押的還是仄韻,由此亦可見同時代的唐詩對其語言表述的影響。南明鄭龍采在〈寒山唱和序〉中說:「唐世韻語盛行,村稚爨婦,能解歌吟。」考慮到惠能不識字,他

一定是時常聽到人們吟詩誦賦，每聞每記每悟，才具備了這樣好的詩歌形式感。陳寅恪在〈論韓愈〉一文中說：「天竺偈頌音綴之多少、聲調之高下，皆有一定規律，唯獨不必叶韻。六朝初期，四聲尚未發明，與羅什共譯佛經諸僧徒雖為當時才學絕倫之人，而改竺為華，以文為詩，實未能成功，惟仿偈頌音綴之有定數，勉強譯為當時流行之五言詩，其他不遑顧及。故字數雖有一定，而平仄不調，音韻不叶，生吞活剝，似詩非詩，似文非文，讀之作嘔。」[1]在這種情況下，惠能大師所作的詩偈在悅耳入心方面可說進步巨大，他對佛教偈頌在語言形式上做出了重要的改造。但有趣的是，惠能的偈頌改造並沒有一味向唐代的主流文化或曰精英文化看齊（這肯定與他不識字有關，他無需展讀書本，包括譯經）。他的有些偈子充分使用了俚俗口語或曰白話，這是否佛教偈頌的一貫用語原則我不

1　轉引自陳文華著：《唐詩史案》（上海：上海古籍出版社，2003），頁174。

知道，但他面對的是尋求開悟的俗眾，而俗眾並非前來欣賞詩歌是肯定的。在這個意義上說，偈頌不是詩歌。但不妨讓它更悅耳，更易懂一些。

非主流詩歌創作者 —— 王梵志與寒山

在〈頓漸品第八〉中，惠能反對長期禪坐，以為這樣會拘束身體。其偈子云：

> 生來坐不臥，死去臥不坐。
> 一具臭骨頭，何為立功課？

這樣淺白的語吻令我們自然聯想到唐初白話詩僧王梵志。我們的文學史在論述初唐詩歌時一般只討論陳子昂、王勃、楊炯、盧照鄰、駱賓王和沈佺期、宋之問，幾乎不會提及王梵志，彷彿他那旁門左道的詩歌上不了檯面。當胡適在二十世紀二零年代要為白話

新詩尋找歷史根據和支撐時，他乞靈於王梵志，還有王績、寒山等。在《白話文學史》第十一章中，胡適說：「我近年研究這時代 (指初唐) 的文學作品，深信這個時期是白話詩的時期。」胡適的話說得有些過分，但不管怎麼說他注意到了王梵志詩歌的價值；但是，其論述又太過局限於所謂「白話詩」的範圍，而對王梵志詩歌戲謔與說理之間看似不搭卻搭出了特殊風格的關係討論得不夠深入。王梵志嚴肅的濟公式的吊兒郎當、可疑的詩歌抱負、有趣的俚俗惡趣味、寫法上的以文為詩，以及他那說不清是佛教大智慧還是面向愚夫愚婦的醒世陳詞，對胡適這樣的君子學人來說太過分了，所以他選擇看不見。這可能也跟胡適本人缺乏詩才，缺乏對語言、形式的瞬間靠近和佔有的能力有關。

　　王梵志約生活在六世紀末至七世紀中下葉，享年八十有餘，與同為所謂白話詩人的王績同時而更長壽。他本生於殷富之家，早年也曾誦讀儒家詩書，但

適逢隋末戰亂，其家道中衰，入唐以後竟然破產，以致窮愁潦倒，身無一物。他在五十多歲時皈依佛門，但又不守戒律，而是四處化齋，生活漂泊不定。在駢麗文風和宮體詩盛行的初唐他竟一意孤行地創作下大量的白話詩，與其說這些詩誕生於明確的文體意識（王梵志恐怕並不想作為詩人名垂青史，但他顯然作詩上癮，這種人在今天也不少見），不如說它們是人生遭際與宗教啓悟合作的產物；白話成詩只是水到渠成：

　　城外土饅頭，餡草在城裏。
　　一人吃一個，莫嫌沒滋味。

　　他人騎大馬，我獨跨驢子。
　　回顧擔柴漢，心下較些子。

當下受到口語詩薰陶的屌絲詩人們和屌絲詩歌讀者們，在讀到這樣的既不提供遠方也不提供浪漫思緒

的俚俗詩歌時會會心一笑，覺得大唐王朝其實距我們
並不遙遠，我們甚至會因王梵志而對立體的唐人產生
親切感。在經過「五四」到二十世紀四零年代末、七零
年代末到今天這兩個時段對西方、俄羅斯、拉美現代
詩歌的閱讀之後，王梵志重回我們的閱讀視野當然意
義不淺。我不想高抬王梵志詩歌的文學價值，但它們
別具一格，而這已經很有意義了。

　　王梵志、寒山、拾得、皎然、賈島、貫休等
構成了唐詩中和尚寫作的風景（《全唐詩》共錄詩僧
一百一十二人）。這其中前三位的創作與唐代主流或
精英或進士寫作在很大程度上拉開了距離。他們是邊
緣創作者、非主流創作者；他們那受到印度佛教偈頌
影響的詩歌，為今人提供了不可思議的滋養。他們與
今人的不同在於他們不鑽個人的牛角尖，他們是開悟
之人。他們那與莊嚴作對的詩歌所關涉的卻全是大問
題：善惡、生死、超脫、報應，這和出自今人感官的
詩歌南轅北轍。唐人為中國詩歌做出的偉大貢獻之一

是他們發明了打油詩。但王梵志詩與打油詩也不同：
前者有超越純粹戲謔和以拙為巧作詩法之上的宗教與
道德目的。王梵志在唐代和宋代聲名頗顯，其詩歌的
白話衣缽被其後精英文化中的顧況、元稹、白居易、
劉禹錫等部分地繼承；其文體上的敘事特徵、以文為
詩特徵，可能與後來杜甫、韓愈的寫作有點兒關聯。
皎然在《詩式》中將王梵志與盧照鄰、賀知章等同歸
入「跌宕格」中的「駭俗」品，此品詩人「其道如楚有接
輿，魯有原壤。外示驚人之貌，內藏達人之度」。北宋
黃庭堅曾專門稱讚過王梵志的「翻着襪」作詩法。他在
《書梵志翻着襪詩》一文中說：「一切眾生顛倒，類皆如
此，乃知梵志是大修行人也。」王梵志原詩為：

　　梵志翻着襪，人皆道是錯。

　　乍可刺你眼，不可隱我腳。

　　在一個錦繡文章的時代王梵志「翻着襪」作詩，一

定頗為奇葩，但王梵志不僅是一位奇葩詩人、通俗詩
人，他似乎也想參與一些深邃思想問題的討論。他看
來是讀過陶淵明的〈形影神〉詩（陶詩所回應的是東晉
廬山慧遠提出的「形盡神不滅論」），而且可能也想對莊
子針對「人與影競走」所發出的議論做出呼應。《莊子‧
漁父》：

> 人有畏影惡跡而去之走者，舉足愈數而跡愈多，
> 走愈疾而影不離身，自以為尚遲，疾走不休，絕力
> 而死。不知處陰以休影，處靜以息跡，愚亦甚矣！

王梵志做出的呼應是：

> 以影觀他影，以身觀我身。
> 身影何處暝？身共影何親！
> 身行影作伴，身住影為鄰。
> 身影百年外，相看一聚塵。

在另一首詩中，王梵志對《孟子．離婁下》中所説「君子有終身之憂，無一朝之患也」，以及《古詩十九首》中「生年不滿百，常懷千歲憂」的人生認識做出了反應。如果説君子常懷「千歲憂」「終身之憂」是一種儒家價值觀的話，那麼王梵志做出的反應就是反價值觀的，至少是以宗教思見(甚至可説是有宗教撐腰的世俗玩世之見)反對流行的、嚴肅的、崇高的儒家價值觀。其詩云：

世無百年人，強作千年調。

打鐵作門限，鬼見拍手笑。

王梵志的詩歌今存三百餘首，但宋以後，其詩歌漸被忘卻(也沒有完全被忘卻，《紅樓夢》第六十三回曾引用南宋范成大「縱有千年鐵門限，終須一個土饅頭」的名句，而范句借用了王梵志「千年調」、「鐵門限」和「土饅頭」的説法)。直到光緒二十六年(一九零零年)

敦煌藏經洞被發現，洞中保存的王梵志詩的多種抄本才使得他重回我們的閱讀視野。他命該重生於二十世紀、二十一世紀，以及更久遠的將來。在多愁善感、愁眉苦臉、自視高雅、自我作踐、相信「生活在遠方」的詩作者和詩讀者的桌子上放一本《王梵志詩集》，不啻為一副清醒劑（我本人並非不在乎作為形而上學之遠方的意義）。所以在這本主要討論唐代主流詩人的書中特別首先提到王梵志，我覺得實有相當之必要。

與王梵志詩相比，寒山詩雖也在看破紅塵的同時勸善醒世，但包含有更多自述不着調生活或云瘋癲悟道者生活的內容，有點兒自傳體的意思。我們這些世俗之人很難判斷究竟是大徹大悟讓一些和尚們瘋癲起來，還是他們被生活所迫瘋癲起來，還是他們有意作瘋癲相。東正教的俄羅斯有癲僧傳統，中國亦有自己的佛教癲僧。癲僧們不合常理的語言、行為總是很迷人的；在常理中看不到出頭之日的老百姓對癲僧們也

總是津津樂道的。於是他們成為傳奇，進而升格為神話。但胡適《白話文學史》第十一章嘗引《續僧傳》卷三十五中的一個故事，提供給我們一個看癲僧的別樣角度。故事說六世紀大師亡名的弟子衛元嵩少年時即想出名，亡名對他說：「汝欲名聲，若不佯狂，不可得才。」衛元嵩聽了這話遂佯狂漫走，人逐成羣——原來這超凡脫俗是世俗算計的結果！不過在這裏，我沒有要據此故事來判斷寒山癲狂與不着調生活是否誠實的意思，我寧可相信他是文殊菩薩的化身。

　　寒山詩曾迷倒過包括王安石這樣的用功於三墳五典的大文人、大官僚。作為十一世紀的大改革家，他現在也被視作國家資本主義和社會主義的先驅。就是這樣一個人物曾作十九首〈擬寒山拾得〉詩。他稱讚寒山、拾得「奇哉閑道人，跳出三句裏。獨悟自根本，不從他處起」。王安石下面這首「人人有這箇」詩，口語，糾纏，涉及佛理而不講透，就像一個啞謎，不同於他屬於進士文化的多數詩歌：

人人有這箇，這箇沒量大。

坐也坐不定，走也跳不過。

鋸也解不斷，鎚也打不破。

作馬便搭鞍，作牛便推磨。

若問無眼人，這箇是什麼？

便遭伊纏繞，鬼窟裏忍餓。

　　中國的文學傳統是抒情傳統，史詩（epic）因素缺乏，也不曾出現過古羅馬以詩體作《物性論》（De rerum natura）的哲學家盧克萊修（Titus Lucretius Carus）那樣的人物。老子《道德經》的語言方式雖然靠近詩歌，但在中國歷朝歷代，它基本上是被當作思想讀物來面對的。因此可以説是寒山為中國詩歌寫作提供了容納思想觀念的方法，這一點被王安石敏感地抓住了，但卻為多數詩人和文學史家們所忽略；有些人雖然注意到了，卻貶之為詩歌寫作的旁門左道。

　　寒山詩不僅迷倒了一些中國的大文人（除王安石，

尚有朱熹、陸游，還有明代董其昌等），它也在二十
世紀五零年代後期通過美國詩人蓋瑞·斯奈德（Gary
Snyder）的翻譯，迷倒了包括垮掉派小說家傑克·凱
魯亞克（Jack Kerouac）和詩人艾倫·金斯伯格（Allen
Ginsberg）在內的一大批北美和歐洲的嬉皮士們。凱
魯亞克指寒山為嬉皮士們在中國唐代的老祖宗。其聲
名曾一時超過李白、杜甫、王維、白居易在西方的聲
名。對中國讀者來講，寒山所提供的是他的智慧口
語、人生態度，但對西方人來講，除此之外，寒山還
提供了一種可用以反對當代資本主義主流價值觀和生
活方式的另類價值觀與生活方式，以及生存的勇氣。

　　據傳寒山曾長住天台山幽窟中，與天台山國清
寺的和尚拾得、豐干為好友，故稱「國清三隱」。寒
山好諷諭唱偈，每有篇句，即題於石間樹上。他那反
文明的生活方式彷彿為二十世紀西方強調重新處理人
與自然關係的生態主義者們提供了榜樣。寒山超前了
一千二、三百年。他是唐代詩人中極少幾位，甚至也

許是唯一一位「現代」詩人（不過對西方人——尤其是
受到美國二十世紀六零年代次文化影響的西方人——
來說，所有唐代詩人都是現代詩人，因為他們讀的是
被從歷史邏輯當中擇出來的、凌空蹈虛的譯文。他們
從自身的歷史條件、文化需要、社會問題、道德狀況
出發閱讀唐詩。他們中間除了專家，很少有人會認真
考慮唐詩與儒家道統、中原文化、安史之亂等因素之
間的關聯。他們對唐詩、禪宗、道教的熱愛與他們對
藏傳佛教的熱愛沒什麼區別）。

　　我們不知道寒山究竟生活在唐代的哪一個時段。
歷史上和當下的學術界有三種說法：貞觀說（六二七—
六四九年）、先天說（七一二—七一三年）和大曆說
（七六六—七七九年）。有人甚至比較肯定地給出他的
生卒年代，即約為六九一—七九三年。這樣的話，
他就活了一百多歲，而且他還曾與王維、李白、杜甫
同時代，也就是說他在山中破衣爛衫地走過了盛唐。
這也夠奇妙的！不過李白、孟浩然都曾訪問過天台山

國清寺，而且李白去過兩次，但都沒有遇到過寒山。
這能說明點兒什麼嗎？難道他是打定了主意，就躲在
山洞裏，不出來與大詩人們見面？要是寒山遇到過李
白，兩個超凡脫俗的人，兩個個性鮮明的人，一道一
佛，會弄出什麼動靜？據說寒山也像王梵志一樣出身
於富裕人家，這便使他得以在早年獲得良好的教育，
所以當我們讀到他一些符合唐代主流詩歌趣味、合乎
作詩規範又清澈自得的精彩律詩時，我們也並不覺得
奇怪：

> 可笑寒山道，而無車馬蹤。
> 聯谿難記曲，疊嶂不知重。
> 泣露千般草，吟風一樣松。
> 此時迷徑處，形問影何從。

又是「形（身）」和「影」！又是對陶淵明與莊子的
回應！我不能肯定「影」這個東西能否像「道」一樣被歸

入形而上學，但它附屬於「形」，又超出「形」；它的存在被賦予了神秘的屬性，關乎時間、死亡和另一個世界；它至少對形而上的世界做出了提示。這樣高級的詩篇被題寫在天台山的岩間樹上，着實令人覺得不可思議。既然作者能夠寫下這樣的詩篇，那麼他那些俚俗、口語的詩歌便顯然是有意識造出來的。我們不知道他對當時的主流詩壇究竟了解多少，但與王梵志相比，寒山在具體表達上顯然更講究些，也就是說更有文采些，更文人化些，這也許是寒山對唐代主流詩歌的了解比王梵志要多些，接納起影響來要更自覺些的緣故。他不覺得疏離於主流詩壇的自己低於那個時代的主流詩人，因為看來他對自己詩歌的存在價值信心滿滿，故而當別人質疑、嘲笑他的詩歌時，他能以一個行家的姿態予以回擊：

　　有人笑我詩，我詩合典雅。

　　不煩鄭氏箋，豈用毛公解？

不恨會人稀，只為知音寡。

若遣趁宮商，余病莫能罷。

忽遇明眼人，即自流天下。

寒山是王梵志的後繼者，他知道王梵志，這有他
的詩歌為證：

梵志死去來，魂識見閻老。

讀盡百王書，未免受捶拷。

一稱南無佛，皆以成佛道。

這首詩不見於通行的《寒山詩集》，是胡適在五代
禪宗大師風穴延沼的《風穴語錄》中找到的。寒山既知
王梵志，就難免向王梵志靠攏。他用王梵志的方法創
作詩歌，最終學會了以詩歌的形式講故事。用現在的
話說，他使他的詩歌增強了敘事因素，或者還有散文因
素。有了敘事，他就更加不在乎同時代的抒情潮流了：

我有六兄弟，就中一箇惡。

打伊又不得，罵伊又不著。

處處無奈何，耽財好婬殺。

見好埋頭愛，貪心過羅剎。

阿爺惡見伊，阿孃嫌不悅。

昨被我捉得，惡罵恣情掣。

趁向無人處，一一向伊說。

汝今須改行，覆車須改轍。

若也不信受，共汝惡合殺。

汝受我調伏，我共汝覓活。

從此盡和同，如今過菩薩。

學業攻爐冶，鍊盡三山鐵。

至今靜恬恬，眾人皆贊說。

詩人打開全身感官，

為顛沛流離的生命故事記錄存檔。

一種歷史見證

安史之亂 ── 成就大詩人的歷史轉折

和尚們都是非歷史化思維，他們超然於歷史之上，就像今天一些號稱有思想的人全是哲學化思維，而不屑於歷史化地看待世界和我們的生活。但唐代的主流詩人們，王昌齡、王維、儲光羲、李華、李白、李頎、杜甫、高適、岑參、元結、馮著等，或得意或失意，或富有或貧窮，或拘謹或放達，一路走到了安史之亂（七五五──七六三年）。劉長卿、孟雲卿、顧況、錢起、張繼、盧綸、韓翃，這些詩人經歷了安史之亂的時代。韋應物早年任俠使氣，放浪形骸，安史之亂後始「折節讀書」。安史之亂對於唐朝的影響，對於整個中國歷史的影響都是至強至大的。日本學者內藤湖南認為唐宋之際是中國古代和近世的交接點，因有「唐宋變革説」，也可以被稱作「唐宋之變」；陳寅恪更明確提出安史之亂是中國古代歷史的分水嶺。[1] 安史

---

1 榮新江著：〈安祿山的種族、宗教信仰及其叛亂基礎〉，《中古中國與粟特文明》（北京：生活・讀書・新知三聯書店，2014），頁266。

之亂之前是青春、慧敏、統一、安定、富足、高歌的唐土；安史之亂以後，唐朝元氣大傷，艱辛、危機、動盪接踵而至，黨爭、宦官政治、藩鎮割據的局面形成。不過與此同時，唐朝卻並沒有像漢朝分成西漢、東漢，像晉朝分成西晉、東晉，像宋朝分成北宋、南宋，於此也見出了唐王朝生命力的頑強。對唐朝的詩歌寫作和更廣義的文學創作而言，安史之亂同樣起到了重大的轉捩點作用。它廢掉了一些人的寫作功夫，淘汰了一些人的寫作成果。如果一個重大歷史事件如安史之亂的出現，不能在淘汰與報廢的意義上影響到詩人作家們的創作，那它基本上就是被浪費掉了。而安史之亂居然為中國推出了最偉大的詩人：杜甫。這是安祿山、史思明沒有想到的，這是王維、李白、肅宗皇帝沒有想到的，這也是杜甫自己沒有想到的。

　　杜甫的寫作成就於安史之亂，沒有安史之亂，他可能也就是個二流詩人。他被迫走進了安史之亂，將周身的感覺器官全部打開，記錄下自己的顛沛經

驗，接通了一己「天地一沙鷗」的存在與當下歷史、
古聖先賢的坎坷，將自己的文字提升到日月精華的程
度，同時解除了王維式的語言潔癖，靠近、接觸、包
納萬有。在杜甫面前，王維所代表的前安史之亂的長
安詩歌趣味，就作廢了。王維經歷了安史之亂，但
是他已然固定下來的文學趣味和他被迫充任安祿山大
燕朝廷偽職的道德麻煩，使之無能處理這一重大而突
然，同時又過分真實的歷史變局。這真是老天弄人。
其經歷、處境令人聯想到才高掩古、俊雅造極，卻丟
了江山的宋徽宗。王維的語言寫山水、田園和邊塞
都可以，他可以將山水、田園和邊塞統統作為風景來
處理，以景寓情，借景抒情（借用中學語文老師們的
話），但要處理安史之亂，他需要向他的寫作引入時間
維度，同時破除他的語言潔癖，朝向反趣味的書寫。
這對王維來說是不可能的工作。所以安史之亂塑造的
唯一一位大詩人是杜甫。

　　杜甫在安史之亂中發展出一種王維身上沒有的東

西：當代性。杜甫的詩歌很多在處理當下，他創造性地以詩歌書寫介入了唐宋之變。古往今來，一般人都會認為當下沒有詩意，而比如月亮、秋天、林木、溪水、山巒、寺宇、客棧、家鄉，甚至貧窮、蠻荒、虎嘯猿啼，由於過去被反覆書寫過無數遍，便被積累為詩意符號，會順理成章地呈現於語言。但在當下，忽然哪天化工廠爆炸，石油洩漏，地下水污染，股市崩盤，你寫詩試試，你寫不了，因為你那來自他人的、屬於農業文化和進士文化審美趣味的、模式化了的、優美的、書寫心靈的所謂「文學語言」，處理不了這類事，因為你在語言上不事發明。

　　杜甫的當代性是與他複雜的時間觀並生在一起的。他讓三種時間交疊：歷史時間、自然時間、個人時間。而如果說王維的風景也貫穿着時間之緯的話，那麼那只是一種絕對的時間。所以在這個意義上王維是一個二流詩人。錢鍾書判斷王維就是個二流詩人，但卻是二流詩人裏最好的一個，他說：「中唐以後，眾

望所歸的大詩人一直是杜甫……王維和杜甫相比，只能算『小的大詩人』。」[2] 李白也捲入了安史之亂，他吟詠着「但用東山謝安石，為君談笑靜胡沙」加入了永王李璘的勤王軍隊。一個人自大到國難當頭依然這麼自大，而且是將文學自大轉化成了政治自大，這也算是奇觀了！李白沒想到肅宗登基後，永王就成了叛軍，在老朋友高適的鎮壓下，他走上了流放夜郎之途。

　　但是直到今天，我們的各類課本裏都沒能講清楚安史之亂究竟是怎麼回事。因為我們一般都是從唐朝這樣一個正統王朝的角度，從所謂「正史」的角度來看待安史之亂的。很少有人真正地研究安祿山。

　　好在近年來此一情況有所改觀。據歷史學家榮新江教授〈安祿山的種族、宗教信仰及其叛亂基礎〉一文，安祿山是雜種胡人，粟特人和突厥人的混血。粟特人歷史上由於生活區域和絲綢之路的緣故，多從事

2　錢鍾書：〈中國詩與中國畫〉，《七綴集》修訂本（上海：上海古籍出版社，1994，二版），頁21。

跨民族的商貿活動，這就練成了安祿山和同樣是粟特人的史思明的牙郎（翻譯）本領。據說安、史皆能說六種語言，至少達到了同樣據說是「通十餘種語言」的學術泰斗季羨林的一半水準！安祿山和史思明都信奉來自波斯高原的瑣羅亞斯德教，就是我們說的祆教。所以他們應該都熟悉該教聖典《阿維斯塔》——這也是後世德國人尼采所熟悉的聖典。安祿山的名字「祿山」實為粟特語「roxšan」的音譯，本意「光」。而史思明的名字是唐玄宗所賜，「明」——瑣羅亞斯德教崇拜光明。看來玄宗皇帝對於瑣羅亞斯德教並非一無所知。

從安祿山的角度討論安史之亂，許多問題就豁然開朗：安祿山手下軍隊十五、六萬（一說二十萬），族屬粟特、同羅（回紇一部）、漢、奚（亦稱庫莫奚）、契丹、室韋等。他能夠起事，是因為他扮演起瑣羅亞斯德教光明神的角色。但能否從安、史的角度把這場變亂理解為信仰之戰呢？目前還沒有人能夠給出回答。

回歸儒家道統 —— 源自中原民族的切膚之痛

　　要說起來,少數民族在唐代被重用,還得追溯到那個得罪了士子們的、年輕時鬥雞走馬、擅長音律的畫家又是奸相的李林甫(聽起來像個文藝復興式的人物!呵呵)。李林甫拜相以後為維護自己的政治地位,打壓進士出身的官僚,扳倒賢相張九齡。與此同時,他啟用藩將或曰非漢族武將擔任各地節度使,既要讓各少數民族將領之間相互制約,又擋住了漢族官員的晉升之途。據說他是覺得只有這樣,自己的位子才能坐得安穩。安祿山在四十歲時出任平盧軍節度使這件事雖與李林甫無直接關係,但他後來的坐大卻是李林甫這一用人政策的結果。安祿山在朝廷裏唯一害怕的人就是李林甫。《舊唐書‧李林甫傳》:「林甫性沉密,城府深阻,未嘗以愛憎見於容色……秉鈞二十年,朝野側目,憚其威權。」但李林甫於天寶十一年(七五二

年）病死，楊國忠出任右相，打壓安祿山，使得安史之亂於七五五年爆發。

　　唐朝是一個國際化的朝代。唐土上居住着眾多少數民族和外國人。唐朝廷任用非漢人做邊將，受益的也不僅是安祿山，西突厥突騎施部首領哥舒翰也是受益者之一。在安史之亂之初，因兵敗與讒言被朝廷斬殺的大將高仙芝是高句麗王族。在隨駕玄宗皇帝避難蜀中的人員當中有一位漢名晁衡的日本人，本名阿倍仲麻呂。安史之亂特別複雜：漢族、中國的正統王朝、少數民族、外國人、西域文化，還有宗教問題，都混在了一起。由於安史之亂，回紇人進來，吐蕃人進來，中國一下就亂了套，中國歷史來了一個跨越唐宋的大轉折。

　　榮新江指出：「安史之亂後，唐朝境內出現了對胡人的攻擊和對胡化的排斥。特別是中唐時代思想界對於胡化的反彈，演變成韓愈等人發動的復古運動。這種一味以中華古典為上的思潮，最終導致了宋朝的

內斂和懦弱。」[3]——宋朝人是否「懦弱」，韓愈究竟只是順應了當時思想界的演變還是有其獨特的作為，咱們都可以再討論，但韓愈確實「做書詆佛譏君王」，反對憲宗迎佛骨，然後被貶潮州刺史。在赴任的路上他寫下「欲為聖明除弊事，肯將衰朽惜殘年」的詩句。在韓愈看來，釋迦牟尼也像安祿山一樣是異種。在其於元和十四年（八一九年）所上《韓昌黎文集・論佛骨表》中，韓愈說：

> 伏以佛者，夷狄之一法耳。自後漢時流入中國，
> 上古未嘗有也……夫佛本夷狄之人，與中國言語
> 不通，衣服殊製，口不言先王之法言，身不服先
> 王之法服，不知君臣之義、父子之情。

3　榮新江著：〈安祿山的種族、宗教信仰及其叛亂基礎〉，《中古中國與粟特文明》（北京：生活・讀書・新知三聯書店，2014），頁291。

　　這樣的反對理由以國際化的今人看來既膚淺又可笑，但對韓愈來說，這膚淺又可笑的理由卻來自中原民族的切膚之痛。所以韓愈在思想領域就必欲回歸儒家道統，與此相應，他在文學領域搞古文運動（但古文運動的源頭可追溯到《隋書》中記載的隋文帝「普詔天下，公私文翰，並宜實錄」，或者更早。初唐陳子昂在〈與東方左史虯修竹篇序〉中感嘆道：「文章道弊五百年矣。」玄宗朝李華、蕭穎士亦嘗為古文。但古文運動到韓愈、柳宗元手上得以確立，無疑是得到了安史之亂的推動）。他在寫詩上以文為詩，在趣味上扣住當下，甚至扣住當下世界非詩意的一面（對韓愈的詩歌，宋代嚴羽在《滄浪詩話》中指其缺乏妙悟，不如他的好朋友孟郊。但妙悟恰來自佛教禪宗。而佛教，在韓愈看來，正是外國人的玩意兒，儘管禪宗是本土化的產物。他也許對惠能大師不感興趣，但不知他如何看待王梵志與寒山）。

　　拿韓愈和與之同朝為官的大詩人白居易做個簡單比較，我們就能看出韓愈所推動的時代性思想轉變、寫作方式的轉變其力量有多大：對白居易來說，安史之亂只是提供了他寫作《長恨歌》的題材而已。而且這題材還被約束在了貴妃楊玉環和玄宗皇帝李隆基的綿綿無絕期的愛情悲劇上。

　　韓愈的儒家道統上溯到孟子。《孟子・盡心下》曰：

　　由堯舜至於湯，五百有餘歲，若禹、皋陶，則見而知之；若湯，則聞而知之。由湯至於文王，五百有餘歲，若伊尹、萊朱，則見而知之；若文王，則聞而知之。由文王至於孔子，五百有餘歲，若太公望、散宜生，則見而知之；若孔子，則聞而知之。由孔子而來至於今，百有餘歲，去聖人之世若此其未遠也。近聖人之居若此其甚也，然而無有乎爾，則亦無有乎爾！

　　然而從儒家發展的歷史看，戰國以後，孟子是坐了很長時間的冷板凳的。《韓非子‧顯學篇》說孔子死後「儒分為八」：「有子張之儒，有子思之儒，有顏氏之儒，有孟氏之儒，有漆雕氏之儒，有仲良氏之儒，有孫氏之儒，有樂正氏之儒。」孟子只是儒家各派中的一派。而且韓非子沒有提到對傳承儒家經典起到重要作用的子夏學派。子夏姓卜名商，字子夏。孔子歿後，子夏設帳魏國西河，《史記‧儒林列傳》載：「如田子方、段干木、吳起、禽滑釐之屬，皆受業於子夏之倫，為王者師。」這個名單裏沒有包括李悝、公羊高和穀梁赤，據說這三人也是子夏的學生，前者大法家，可能影響到出生於趙國郇邑（山西南部）的大儒家荀子，後二者傳授下來《春秋公羊傳》和《春秋穀梁傳》（只從一般說法。學者們對兩傳的傳承有複雜的考證和相互矛盾的推測）。可以說子夏既開啓了三晉儒學，也對法家思想有所相容（其學生中也有墨家和兵家者）。南宋洪邁以為「六經」皆傳自子夏。故子夏之儒是傳經

系統：從漢代張大《春秋公羊傳》的董仲舒回溯，這個綫索是董仲舒—公羊高—子夏—孔子。董仲舒秉承《公羊傳》尊王攘夷、大一統的思想，同時發展了天人感應說。漢武帝「獨尊」的就是這個「儒術」。而在漢宣帝以前聲勢較小的《春秋穀梁傳》的傳承則可以上溯到荀子。荀子學生韓非、李斯，一個是法家法、術、勢思想的集大成者，一個是以法家學說助秦始皇「吞二周而亡諸侯，履至尊而制六合」的丞相。荀子另外有學生浮丘伯和張蒼。浮丘伯傳《穀梁傳》於漢初陸賈，陸賈為漢朝造《新語》；張蒼則助漢室訂立章程，他與李斯弟子吳公同為賈誼老師，而賈誼接受了陸賈對秦亡漢興之原因的看法，為董仲舒的儒學新體系打下基礎。我們看到，這裏面沒有孟子的什麼事，而荀子的學問和思想倒可說關乎秦漢兩個朝代。荀子推「禮」，孟子講「義」；荀子以「性惡」說反對孟子的「性善」論。在戰國後期，荀孟聲名不分仲伯，而孟子的獨大，要等到戰國之後一千年的安史之亂以後，韓愈上溯儒家道統來面對問題百出、

危機四伏的中唐時代。儒家的傳道系統，即孔子—曾子—子思—孟子系統，到這時才開始左右歷史。

韓愈在〈原道〉一文中説：

曰：「斯道也，何道也？」曰：「斯吾所謂道也，非向所謂老與佛之道也。」堯以是傳之舜，舜以是傳之禹，禹以是傳之湯，湯以是傳之文武周公，文武周公傳之孔子，孔子傳之孟軻；軻之死，不得其傳焉。荀與楊也，擇焉而不精，語焉而不詳。由周公而上，上而為君，故其事行；由周公而下，下而為臣，故其説長。

這樣一個儒家道統有編造的嫌疑，但在《與孟尚書書》中，韓愈説：「使其道由愈而粗傳。」——他這是以聖道傳人自居了。晚唐杜牧在〈書處州韓吏部孔子廟碑陰〉中充分肯定了韓愈對張大儒家道統所起的作用：「稱夫子之德，莫如孟子；稱夫子之尊，莫如韓吏部。」

韓愈的這種道德、學術與歷史姿態，對後世儒生、知識分子影響至深，宋儒張載「為天地立心」的豪言姑且略過，即使到陳寅恪，也有「吾儕所學關天命」的說法。孟子和韓愈所總結的中國道統，為讀古書的人們所熟悉，這裏咱們只是複習一下。韓愈和孟子之間的關係可能不僅是「道統」的傳遞。兩人氣質上應亦有所相同。蘇軾〈潮州韓文公廟碑〉：

> 自東漢以來，道喪文弊，異端並起，歷唐貞觀、開元之盛，輔以房、杜、姚、宋而不能救。獨韓文公起布衣，談笑而麾之，天下靡然從公，復歸於正，蓋三百年於此矣。文起八代之衰，而道濟天下之溺；忠犯人主之怒，而勇奪三軍之帥：此豈非參天地，關盛衰，浩然而獨存者乎？

這「浩然」二字來自孟子的「我善養吾浩然之氣」。蘇軾〈潮州韓文公廟碑〉說：

是氣也，寓於尋常之中，而塞乎天地之間。卒然
遇之，則王公失其貴，晉、楚失其富，良、平失
其智，賁、育失其勇，儀、秦失其辯。是孰使之
然哉？其必有不依形而立，不恃力而行，不待生
而存，不隨死而亡者矣。故在天為星辰，在地為
河嶽，幽則為鬼神，而明則復為人。

　　這是一段感人至深的表述。由是，我們看出了蘇
軾本人與韓愈、孟子道統的相通 ——儘管蘇軾更是一
位儒釋道兼通之人。由是，我們也看出一般宋儒對於
韓愈道統的認同與繩系。宋儒由此倡孔孟，再往後，
官員—文人—思想者們最終將宋化的儒學提升到國
家哲學層面，這就是傳道系統的延續。唐以後這樣的
精神氣度影響到每一位真正的有品質的文人、詩歌作
者。正是這樣的精神氣度嚴格區分了唐以來的中國古
典詩歌與當下的所謂古體詩。詩不詩的不僅在於語言
是否精簡，詞彙是否優雅、古奧，詩意是否噬心，詩

格是否快意恩仇或者嬉笑怒罵或者塊壘獨澆或者空闊
寂滅；當代古體詩即使守平仄、押古韻，而沒有士子
精神、儒家道統、道釋之心，那和中國古典詩歌也是
差着十萬八千里。古人是無法冒充的。咱們只能活
出咱們自己的容納古人、與古人氣息相通的當下、今
天、現在、此刻。

儒家品味 —— 中國傳統詩畫藝術標準的建立

　　前面說到安史之亂成就了杜甫的寫作，而杜甫「詩
聖」地位的確立應該與孟子、儒家道統的完全確立處於
同一時期，至少不無關係。那麼儒家思想是如何介入
中國人的文學藝術創造的呢？錢鍾書在〈中國詩與中國
畫〉一文中談到中國人對詩與畫有不同的評價標準，他
說：「在中國文藝批評的傳統裏，相當於南宗畫風的詩
不是詩中高品或正宗，而相當於神韻派詩風的畫卻是
畫中高品或正宗。舊詩或舊畫的標準分歧是批評史裏

的事實。」[4] 這裏需要做一個小説明：錢鍾書所謂「南宗
畫風」係指由明代畫家董其昌和他的朋友莫是龍參考惠
能的南宗禪而宣導和推動的文人寫意繪畫風格 ── 所
謂「一超直入如來地」── 這種畫風帶有業餘繪畫的性
質；而「神韻派詩風」則由清初漁洋山人王士禛所宣導
和推動，主張詩應空寂超逸、不着形跡 ── 按照錢鍾
書這個思路，我們可以推出，歷史上人們以道家、禪
宗標準評畫，而以儒家標準評詩。因而杜甫被尊為「詩
聖」。而「聖」在儒家表述系統裏地位是最高的。

　　但這一表述也可進一步展開並再做補充，因為文
人畫以前的中國繪畫不一定符合道家、禪宗標準，而
與道家、禪宗思想密切相關的文人畫的登場，要遲至
元代後期的一三五零年左右，甚至元代中期以前的繪
畫走的還是宋畫的路子[5]。相較於幾千年的大歷史，文

4　錢鍾書：〈中國詩與中國畫〉，《七綴集》修訂本（上海：上海古籍出版
　　社，1994，二版），頁27。
5　石守謙著：〈有關唐棣（1287–1355年）及元代李郭風格發展之若干問
　　題〉，《風格與世變：中國繪畫十論》（北京：北京大學出版社，2009），
　　頁163。

人畫成形是比較晚近的事。換句話說，中國傳統詩歌標準和傳統繪畫（文人畫）標準的建立時間前後相差約五百五十年（蘇軾雖言「論畫以形似，見與兒童鄰」，但在他生活的時代這還不是人們普遍接受的對繪畫的看法）。我們必須注意到，中國古代的詩人們並非一邊倒地傾向於儒家的藝術品味。在晚唐司空圖所著《二十四詩品》中，位列第一的是與儒家品味相關的「雄渾」，其後便是「猶之惠風，荏苒在衣」的「沖淡」之品。在隨後的諸品中，有十幾品其實都可歸入「沖淡」品。而嚴羽宣導詩歌的「妙悟」，更是「論詩如論禪」。雖然在《滄浪詩話》中他也要詩人們「以漢、魏、晉、盛唐為師，不做開元、天寶以下人物」，但在他做出「詩有別材，非關書也；詩有別趣，非關理也」的判斷之後，中國人對於詩意的看法其實是有了一些變化的。清初王士禎主「神韻」，袁枚主「性靈」，弄得明代「文必秦漢，詩必盛唐」的前後七子一個個笨拙老派的樣子。到了今天，人們在談論杜甫這樣的儒家詩人的時候開始強調其次

要的一面，例如其率意、意趣，甚至頑皮，例如「兩個黃鸝鳴翠柳」「黃四娘家花滿蹊」「桃花一簇開無主」等等。這樣的詩句被娛樂化、生活化、去深度化的今人認為更能體現杜甫的本性，是杜甫更真實的一面——彷彿那個死裏逃生又顛沛至死的杜甫反倒是刻意做出來似的……但不管怎麼說，杜甫被尊為詩聖就是儒家的勝利。而儒家真正的勝利竟然部分地是拜安史之亂所賜！

　　有點倒楣的是自大狂李白。宋人「抑李揚杜」，影響至今。我們看今人的唐詩選本，杜甫的詩歌篇目總是多於李白。那麼何謂儒家詩歌標準呢？《毛詩正義‧詩譜序》中說：「然則詩有三訓：承也，志也，持也。作者承君政之善惡，述己志而作詩，為詩所以持人之行，使不失隊，故一名而三訓也。」杜甫的不少詩篇確符合這入世的「三訓」（儘管《詩譜序》所言之「詩」為《詩經》之「詩」）。而今人寫詩，經過了「五四」、共產黨教育，讀過了西方、俄羅斯、拉美的浪漫派、現代派、

後現代主義，以及哲學、社會理論、文化理論中的形式主義、結構主義、解構主義、女性主義、新歷史主義、對西方的東方主義的批判、後殖民理論，以及政治哲學中的西方馬克思主義、自由主義、無政府主義……面對這「三訓」，你一定會猶豫不決要否遵守，除非你鐵了心，完全無視這一切。

進入唐人的寫作現場，旁觀長安詩人的喧囂與和諧。

讀法四

一種詩人們之間的關係

南轅北轍的野小子與千古韻士 —— 李白與王維

　　一九七九年人民文學出版社出版過一個薄薄的劇本，名為《望鄉詩 —— 阿倍仲麻呂與唐代詩人》，作者為日本人依田義賢，譯者的名字忘記了。那時文革剛結束不久，國門也剛打開不久，中日友好是一個新鮮話題。借這一契機，日本遣唐留學生、後來成為唐朝高官的阿倍仲麻呂，在去世近一千二百年後忽然起死回生。我當時不是在上初三就是在上高一，在書店裏買到這本《望鄉詩》，同時也記住了李白一首不太有名的詩〈哭晁卿衡〉：

　　　　日本晁卿辭帝都，征帆一片繞蓬壺。
　　　　明月不歸沉碧海，白雲愁色滿蒼梧。

　　前面已經提到，「晁衡」是阿倍仲麻呂入唐後所取的漢人名字。他在開元五年（七一七年）十九歲時到達

長安，入國子監學習，後來進士及第，到肅宗朝官至
左散騎常侍兼安南都護、安南節度使。七十二歲逝於
長安，被代宗皇帝追贈從二品潞州大都督。在長安，
仲麻呂與王維、儲光羲、李白、趙曄等都有交往。天
寶十一年（七五二年）末，已入唐三十七年的仲麻呂獲
准隨日本遣唐使藤原清河歸國。玄宗皇帝特任命他為
唐朝赴日本使節。詩人們則寫詩為他送別。仲麻呂答
以〈銜命還國作〉一詩，詩寫得一般：

> 銜命將辭國，非才忝侍臣。
>
> 天中戀明主，海外憶慈親。
>
> 伏奏違金闕，騑驂去玉津。
>
> 蓬萊鄉路遠，若木故園情。
>
> 西望懷恩日，東歸感義辰。
>
> 平生一寶劍，留贈結交人。

不料翌年傳來阿倍仲麻呂遇海難的消息，李白遂

寫下〈哭晁卿衡〉詩。但仲麻呂在經歷了海上風暴、
沉船、安南海盜、同伴幾乎全部遇難的情況下，居然
倖存下來，於天寶十四年（七五五年）六月，輾轉回
到長安。然而不待他喘息平定，十一月安祿山反，玄
宗幸蜀，仲麻呂隨駕。這也就是說，他親歷了馬嵬坡
六軍不發、楊貴妃香消玉殞的歷史時刻。肅宗至德二
年（七五七年），仲麻呂隨駕玄宗歸返長安時年已六十
有一。

　　〈望鄉詩〉本是阿倍仲麻呂海難後歸返長安時讀到
李白〈哭晁卿衡〉後寫下的一首詩的題目。依田義賢
以之作為劇本的名字。依田義賢設計了一個長安詩人
們為阿倍仲麻呂送別的聚會場景，長安城裏的名流們
都到場了。王維和李白都在，而且你一言我一語。很
美好。不過，這卻是虛構的。作者大概並不了解，在
長安，李白和王維的關係相當微妙。現在我們打開電
腦瀏覽新聞網頁，會不時發現這個明星「手撕」(編注：
指翻臉、打罵)那個明星，李白和王維雖不曾「手撕」過

對方，但翻開他們的詩集，我們找不到這二人交集的
痕跡。不錯，阿倍仲麻呂既是王維的朋友也是李白的
朋友；不錯，孟浩然與王維、李白兩人都有交往；不
錯，王維和李白都想贏得玄宗皇帝的妹妹玉真公主的
好感（這種競爭真是很大的麻煩），但王、李之間似乎
沒有往來。¹大概的情況是這樣的：安史之亂前，唐朝
宮廷的詩歌趣味把握在王維手裏。而李白是外來人，
野小子。就像十七世紀受古典主義劇作家高乃依（Pierre
Corneille）、莫里哀（Molière）、布瓦洛（Nicolas Boileau-
Despréaux）等人影響，法國國王路易十四的宮廷不接
受「野蠻的」莎士比亞一樣，大唐長安的主流詩歌趣味
和宮廷詩歌趣味肯定對李白有芥蒂；這時的王維一定
不喜歡李白。兩個人甚至有可能相互厭煩，瞧不上。
所以李白雖然得意，在賀知章的推舉和玉真公主的引

1　李亮偉著：《涵泳大雅：王維與中國文化》（北京：中華書局，2003），
　　頁19；宇文所安（Stephen Owen）著、賈晉華譯：《盛唐詩》（北京：生
　　活‧讀書‧新知三聯書店，2004），頁168。

薦下見到了皇帝和楊貴妃，可是他自己在詩裏説：「時人見我恆殊調，聞余大言皆冷笑。」另外，李白〈夢遊天姥吟留別〉詩結尾處的道德名句「安能摧眉折腰事權貴」，一定有所指向。那麼他指向的是誰呢？不會是王維吧！或者還包括高力士！這首詩被收入《河嶽英靈集》。該書編者殷璠在詩集〈敘〉中交代所收人物作品「起甲寅（開元二年，七一四年），終癸巳（天寶十二年，七五三年）」，也就是説〈夢遊天姥吟留別〉（載《河嶽英靈集》本詩題〈夢遊天姥山別東魯諸公〉）作於安史之亂之前。

　　李白在長安的日子不見得好過。其時與之密切來往的人，可能除了賀知章，再就是幾個同樣是外來人、同樣想在長安謀發展的青年詩人，還有書法家和詩人張旭等。王維一定不喜歡李白。李白的性格、才華成色和精神結構跟王維很不一樣。首先他們的信仰就有巨大差異。王維信佛教，其母親追隨北宗禪神秀。而李白雖是儒家的底色，但深受道教影響。陳寅

恰說道教起源於濱海地區，因此李白寫「日月照耀金銀台」，全是海市蜃樓的景觀。他的想像力、思維方式，跟王維沒法分享。第二，李白這個人早年好任俠，喜縱橫術，據說曾經「手刃數人」。他在詩裏說：「十步殺一人，千里不留行」；「三杯弄寶刀，殺人如剪草」；「笑盡一杯酒，殺人都市中」——看來他關心殺人這件事，但也沒聽說他為「手刃數人」吃過官司。要麼是他跑得快，逃離了現場；要麼是他做生意的父親李客有錢，擺平了官司；要麼是他吹牛皮——他喜歡吹。李白後來在長安飛揚跋扈，喝起酒來一定是吆五喝六，這樣的人別說王維受不了，一般人都受不了。第三，李白的詩歌充滿音樂性，宛如語言的激流，這語言激流有時噴射成無意義言說，讓我們感受到生命的燦爛。太迷人了。而王維是千古韻士，蘭心蕙質，涵泳大雅。其早期詩歌亦有英豪之氣，邊塞詩也寫得好。他認出了陶淵明的不凡，但又把《桃花源記》改寫成了遊仙詩〈桃源行〉。

對美術史感興趣的人一定知道，王維也是大畫家。這也就是説王維詩歌中包含了二十世紀英國詩人艾略特 (T. S. Eliot) 所強調的視覺想像力。可惜做文學史的人不了解王維的繪畫，做美術史的人又只關心王維詩中與繪畫有關的部分。郭若虛《圖畫見聞志》卷五載有一首王維的自述詩：

宿世謬詞客，前身應畫師。

不能舍余習，偶被世人知。

日本聖福寺藏有一幅相傳是王維所畫的《輞川圖》，大阪市立美術館收藏的《伏生授經圖》據傳也是王維所作。從這兩幅很有可能是後人臨仿的圖畫判斷，王維心地精細，很是講究。黃庭堅謂「王摩詰自作《輞川圖》，筆墨可謂造微入妙」。(明毛晉編《山谷題跋》卷之三) 而我在北京故宮武英殿拜觀過李白唯一的存世真跡《上陽臺帖》：「山高水長，物象千萬，非有老筆，

清壯何窮。十八日上陽臺書。太白。」黃庭堅也見過李
白手稿：「及觀其稿，書大類其詩，彌使人遠想慨然。
白在開元、至德間，不以能書傳，今其行草殊不減古
人，蓋所謂不煩繩削而自合者歟？」（《山谷題跋》卷之
二）僅從視覺上我們就能直接感覺到李白、王維截然不
同的氣質。當時拜觀詩仙書跡，目驚心跳，直如登岱
嶽，眺東海，太偉大了！一股子莽蕩蒼鬱之氣撲面而
來。詩人與繪畫或者更廣範圍的視覺藝術的關係（暫不
提詩人與音樂、舞蹈等其他門類藝術的關係），值得我
們認真探討。

　　很多詩人的才華不只限於詩歌寫作。換句話說，
他們的才華，至少識見，常常溢出詩歌的領土，並且
受益於這種「溢出」，而僅僅囿居於詩歌領土的詩人們
看來其才華只是捉襟見肘地將將夠用——這還是往好
裏說。話既然說到這裏，我們就可以順帶提一下杜甫
和繪畫的關係：杜甫除了在《解悶》組詩中尊王維為「高
人」，他在其他詩篇中提到和評論過的同時代的畫家

有：吳道子、江都王李緒、楊契丹、薛稷、馮邵正、
曹霸、韓幹、鄭虔、韋偃、王宰等。他對於視覺藝術
的興趣之濃不下於十九世紀法國的象徵主義詩人波德
萊爾（Charles Baudelaire）。

在詩歌星空下交匯的兩顆大星 —— 李白與杜甫

　　一旦了解了一個時代詩人們之間的看不慣、較
勁、矛盾、過節兒、冷眼、反目、蔑視、爭吵，這個
時代就不再是死一般的鐵板一塊，就不再是詩選目錄
裏人名的安靜排列，這個時代就活轉過來，我們也就
得以進入古人的當代。偉大的人物同處一個時代，這
本身令人嚮往。但他們之間的關係也許並不和諧。
這一點中外皆然：同處意大利文藝復興時代的達文
西（Leonardo da Vinci）和米開朗琪羅（Michelangelo）兩
人就互相瞧不慣；二十世紀美國作家福克納（William
Faulkner）和海明威（Ernest Hemingway）之間也是如

此。這種情況還不是「文人相輕」這個詞能夠簡單概括的。但文人之間如果不相輕，而是相互推重，相互提攜，那麼一個時代的文化風景就會被染以濃墨重彩。十八世紀末十九世紀初德國歌德（Johann Wolfgang von Goethe）與席勒（Friedrich Schiller）在威瑪的合作在很大程度上塑造了德國的浪漫主義文學（儘管兩人管自己的寫作叫「古典主義」）。在唐代，李白與杜甫的友誼也是千古佳話。杜甫詩〈與李十二白同尋范十隱居〉說他倆「醉眠秋共被，攜手日同行」。我們前面提到過的美國二十世紀垮掉派詩人、同性戀者金斯伯格據此斷定李杜兩人有同性戀關係！——過了。杜甫寫有兩首〈贈李白〉，兩首〈夢李白〉，以及〈不見〉〈冬日懷李白〉〈春日懷李白〉〈天末懷李白〉等。他在〈飲中八仙歌〉中對李白的描述「李白一斗詩百篇」，以及〈贈李白〉中的「飛揚跋扈為誰雄」，為我們留下李白形象的第一手資料。李白橫行的才華和他所呈現的宇宙，一定讓杜甫吃驚、大開眼界，獲得精神的解放，使之看到了語言

的可能、詩歌的可能、人的可能。我沒見古今任何人談到過李白對杜甫的影響，只常見抑李揚杜者的偏心。中唐元稹可能是較早比較李杜詩風與詩歌成就的人，他在〈唐故工部員外郎杜君墓系銘並序〉中說：

> 時山東人李白亦以文奇取稱，時人謂之李杜。予觀其壯浪縱恣，擺去拘束，模寫物象，及樂府歌詩，誠亦差肩於子美矣。至若鋪陳終始，排比聲韻，大或千言，次猶數百，詞氣豪邁而風調清深，屬對律切而脫棄凡近，則李尚不能歷其藩翰，況堂奧乎！

這大概是後來宋人抑李揚杜的先聲。杜甫本人應該不會同意。現代詩人、學者聞一多在他那本有名的《唐詩雜論》中收有一篇名為〈杜甫〉的專論。在這篇文章中，聞一多認為杜甫一開始是被「仙人李白」所吸引，後來發現了李白仙人一面的「可笑」。聞一多在

此是以杜甫為中心討論問題的。他可能一時忘記了李白比杜甫大十一歲，在杜甫對李白的看法中不可能不包括年齡的差異對杜甫的影響，他看李白一定是以綜合的眼光，而不會頭腦「清醒」到只仰慕仙人李白而對詩人李白無所感受。肅宗乾元元年（七五八年）李白五十八歲踏上流放夜郎之途，杜甫在蜀中聞訊遂寫下〈不見〉一詩：「不見李生久，佯狂真可哀。世人皆欲殺，吾意獨憐才。」杜甫與李白的關係不同於李白與王維的關係：李白在當時雖然神話在身，但並不是王維那樣的可以左右宮廷趣味的詩歌權威。套用阿根廷作家波赫士（Jorge Luis Borges）認為莎士比亞（William Shakespeare）不是典型的英語作家、塞萬提斯（Miguel de Cervantes）不是典型的西班牙語作家、雨果（Victor Hugo）不是典型的法語作家的說法：李白在生前並不是典型的唐代長安詩人。

其實明代胡應麟在《詩藪》中早就說過類似的話：「超出唐人而不離唐人者，李也。」對王維而言，李白

是一個挑戰者，但杜甫並不是李白的挑戰者。他們是同道。所以胡應麟緊接着剛才那句評論李白的話之後又說：「不盡唐調而兼得唐調者，杜也。」杜甫雖未與李白同時居長安，但他像李白一樣也是長安詩壇的外來者，所以兩人之間會有認同感。有趣的是，杜甫對王維並無惡判，前面提到他曾推王維為「高人」。其作於大曆元年（七六六年）的詩〈解悶十二首‧其八〉云：「不見高人王右丞，藍田邱壑蔓寒藤。最傳秀句寰區滿，未絕風流相國能。」——這裏的「相國」說的是王維的弟弟王縉，在代宗朝做到宰相。此外，也許更重要的是，杜甫認識李白時自己還不是「詩聖」，安史之亂還沒有爆發，杜甫還沒有成為真正的杜甫。杜甫是橫霸古今的大才，他一定知道李白是開拓性的詩人，他自己也是。殷璠言李白〈蜀道難〉「可謂奇之又奇，然自騷人以還，鮮有此體調也」。胡應麟《詩藪》言杜甫「凡所歌行，率皆即事名篇，無復依傍」。我在此斗膽猜測一下：杜甫如果不曾成為李白的朋友，那麼杜

甫的創造力後來也許會以另一種風格呈現。一個強有
力的人對另一個強有力的人的影響不一定履行大李白生
出小李白的模式（世間有太多大齊白石生出的小齊白石
混吃混喝），而很有可能是，接受影響的一方被面前這
個龐然大物推向了另外的方向，最終成為他自己，成為
另一個龐然大物。而這個最終成為了自己的人心裏明
白，他是以他不同於影響施加者的成就向影響施加者或
宇宙開啓者致敬。李白和杜甫，兩顆大星，運行軌道
有所交會，這是世界詩歌星空的奇觀，但兩個人其實
又是不同的。聞一多甚至斷言：「兩人的性格根本是衝
突的。」——可能話説得有點過份：兩人的性格雖然不
同，但並不一定非要「衝突」。比較起來，杜甫是儒家，
其詩歌根源於中原的正統氣象，與現實社會緊密結連。
如果説李白的想像力方式來自於海水、海市蜃樓，那麼
杜甫的想像力方式則是來自於土地、土地上萬物的生長
與凋零。前面我們説到，杜甫比李白年齡小約一輪，所
以李白可以笑話、戲弄杜甫，而寬仁的、尚未成為杜甫

的杜甫也不以為意。晚唐孟棨《本事詩·高逸第三》載李白詩：

> 飯顆山頭逢杜甫，頭戴笠子日卓午。
> 借問別來太瘦生？總為從前作詩苦。

　　宋代計有功《唐詩紀事》卷第十八、《全唐詩》卷一八五亦載此詩。從這首信口而出的小詩我們可以感受到李杜之間關係的融洽，因為只有融洽的關係才能包納戲謔。當然另一方面我們在此也能感受出他們二人寫作方式和作品質地的不同：李白詩是音樂性的，而杜甫詩是建築性的。杜甫和李白的才華性質並不一樣，但兩個人的高度是一樣的。杜甫認出了李白，就像後來的元稹、韓愈認出了杜甫，杜牧、李商隱認出了韓愈。這首小詩不見於李白詩集，有人說這是好事者所為，是偽作，不過這至少是唐代的偽作。歐陽修《詩話》謂「太瘦生」三字「唐人語也」。我們借此想像

一下李杜的關係，至少中唐或晚唐人對李杜關係的猜想，也是有趣的。考慮到那時資訊傳遞速度的緩慢，以及主流詩歌趣味尚未經過安史之亂的顛覆，所以，儘管杜甫在長安文壇也很活躍，已經寫下了一些重要的詩篇，但其名氣依然有限，不得入同時代的詩歌選本《河嶽英靈集》。這也就是說直到安史之亂前，杜甫的重要性還沒有完全展現出來；要等到他死後三十年他才被接受為頂天立地的人物。

偉大詩人的排序 ──
為何宗師級的大文人韓愈不在裏頭

　　杜甫的位置一旦確立，杜甫和李白一旦被經典化、座標化為「李杜」，其後人就會被置於美國人哈樂德‧布魯姆（Harold Bloom）所說的「影響的焦慮」之中。安史之亂以後，唐朝那些對文化秩序不滿，並且自視不俗的文人們中間，一定有一些人在振振有詞地詆毀李杜，否則中唐韓愈不會寫下這樣的詩句：「李杜

文章在，光焰萬丈長。不知羣兒愚，那用故謗傷。蚍
蜉撼大樹，可笑不自量。」（也有人認為韓愈這樣寫是
為了反擊他那個時代的抑李揚杜之風；他將李杜兩人
相提並論，並且將李白置於杜甫之前）。韓愈認識李杜
的偉大說明他自己也是偉大之人。而且他不認為本朝
的前代偉人會妨礙自己的偉大，正如蘇軾所說：「追逐
李杜參翱翔。」他要努力加入李杜的行列。今天的文學
史一般對唐代最偉大詩人的排序是李白、杜甫、白居
易，或者再加上王維，但幾乎沒有人將韓愈納入這個
序列。這大概是受了「五四」思維，尤其是周作人等將
韓愈、古文八大家、桐城派古文、八股文等一鍋燴，
且將這些「謬種」與六朝詩文對立起來的觀點的影響。
但宋人不像周作人這樣看問題。宋人張戒在《歲寒堂詩
話》卷上裏將李白、杜甫和韓愈並列在一起。他認為這
三人「才力俱不可及」。儘管他在三人中依然做出了排
序，即杜甫、李白、韓愈，但他對韓愈算是仰視到脖
子酸痛了。他說：

退之詩，大抵才氣有餘，故能擒能縱，顛倒崛奇，無施不可。放之則如長江大河，瀾翻洶湧，滾滾不窮；收之則藏形匿影，乍出乍沒，姿態橫生，變怪百出，可喜可愕，可畏可服也。

蘇軾的弟弟蘇轍甚至認為：「唐人詩當推韓杜。」（《歲寒堂詩話》卷上）——連李白都被排除在外了！這當屬相當極端的意見。不過這種看法也許其來有自。我在杜牧的集子裏讀到一首名為〈讀韓杜集〉的詩：

杜詩韓集愁來讀，似倩麻姑癢處抓。
天外鳳凰誰得髓，無人解合續弦膠。

——為什麼是把這兩個人放一起讀？難道在杜牧所生活的晚唐就有「韓杜」的說法？清代葉燮《原詩·內篇》云：「唐詩為八代以來一大變，韓愈為唐詩之一大變，其力大，其思雄，崛起特為鼻祖。宋之蘇、梅、歐、蘇、王、黃皆愈為之發其端，可謂極盛。」

令我們好奇的是，既然韓愈如此重要，與之同朝為官的元稹、白居易究竟怎樣看他。白居易可是〈長恨歌〉和〈琵琶行〉的作者，在當時也是文壇領袖，而且在老百姓中的知名度可能比韓愈還高。在白居易致元稹的書信中，他提到：「自長安抵江西三四千里，凡鄉校、佛寺、逆旅、行舟之中，往往有題僕詩者；士庶、僧徒、孀婦、處女之口，每每有詠僕詩者。」（《與元九書》）元稹則在《居易集》序中說：「予嘗於平水市中見村校諸童竟習歌詠，召而問之，皆對曰：『先生教我樂天微之詩。』」當然這些都是元白自己的說法，韓愈圈子裏的人——孟郊、張籍、皇甫湜等——若講起那個時代人們對詩歌的接受也許會另有側重。所以若說韓白兩人關係微妙，一點不會讓人驚訝。比較看來，韓愈是正宗儒家，不同於香山居士白居易。長慶二年（八二二年）一場春雨過後，韓愈曾邀張籍、白居易等同遊曲江。看來是被白居易婉拒了。韓愈於是寫下〈同水部張員外籍曲江春遊寄白二十二舍人〉：

漠漠輕陰晚自開，青天白日映樓臺。

曲江水滿花千樹，有底忙時不肯來？

　　白居易那麼一個愛玩的人，也沒什麼要緊事，可就是沒去，遂作〈酬韓侍郎張博士雨後遊曲江見寄〉：

小園新種紅櫻樹，閒繞花行便當遊。

何必更隨鞍馬隊，衝泥踏雨曲江頭。

　　一般人的印象是韓愈、白居易兩人之間沒有往來之詩，其實是有的，但僅此一回。兩首詩均收在各自的集子裏。白居易有虛無主義精神，能從虛無中獲得快意，看重人生的享受。他專門寫有一類被他自己稱作「閒適詩」的作品。在〈草堂記〉一文中，白居易說：「噫！凡人豐一屋，華一簀，而起居其間，尚不免有驕矜之態。今我為是物主，物至致知，各以類至，又安得不外適內合，體寧心恬哉？」

　　與白居易相比，韓愈是一個焦慮得多的人。白居易、元稹都是老清新。雖然他們倆和韓愈都認出了杜甫，都從杜甫處有所獲得，但韓愈為現實考慮更要回歸中華道統，故倡「文以明道」（北宋周敦頤《通書‧文辭》始用「文以載道」），讓今日無道可明，只好認「詩言志」為最高寫作綱領的人們覺得不舒服。韓愈的詩歌語言與白居易淺白的語言正好相反，是硬的，所謂「橫空盤硬語，妥帖力排奡」。他喜歡押仄韻、險韻。他的詩文多敘事，而凡是注重敘事的人都是致力於處理問題和當下的，可能也因此他以文為詩，而凡是以文為詩的人都是要給詩歌帶來解放的：陶淵明、華茲華斯（William Wordsworth）、惠特曼（Walt Whitman）。於是在某些詩篇中韓愈的語言重而笨，反倒不是一般的寫法，尤其不是後來晚唐詩人的一般寫法。詩人歐陽江河認為韓愈的詩裏充滿物質性，我想這大概是因為韓愈的詩歌書寫是儒家的，而不是禪宗、道家的。我們到今天似乎已經忘記了還有一套儒家詩學的存在。而

韓愈作為一個文人、一個詩人的重要性，白居易不可能一無所知。白居易的好友劉禹錫在〈祭韓吏部文〉中說韓愈：「手持文柄，高視寰海。權衡低昂，瞻我所在。三十餘年，聲名塞天。」韓愈在今天是一個沒有被充分估量的詩人，他本應該比他現在一般《唐詩選》中所佔的比重更大。韓愈詩歌對今人來說有其特殊的意義，他提供了一種與喝過太多雞湯的白領、小資、文藝青年、大學生、研究生們舒服接納的美文學相反的美學趣味。舉個例子，〈八月十五夜贈張功曹〉：

纖雲四卷天無河，清風吹空月舒波。

沙平水息聲影絕，一杯相屬君當歌。

君歌聲酸辭且苦，不能聽終淚如雨。

洞庭連天九疑高，蛟龍出沒猩鼯號。

十生九死到官所，幽居默默如藏逃。

下牀畏蛇食畏藥，海氣濕蟄熏腥臊。

昨者州前搥大鼓，嗣皇繼聖登夔皋。

赦書一日行萬里，罪從大辟皆除死。

遷者追回流者還，滌瑕蕩垢清朝班。

州家申名使家抑，坎軻只得移荊蠻。

判司卑官不堪說，未免捶楚塵埃間。

同時輩流多上道，天路幽險難追攀。

君歌且休聽我歌，我歌今與君殊科。

一年明月今宵多，人生由命非由他，

有酒不飲奈明何？

　　像「赦書一日行萬里，罪從大辟皆除死」這樣對歷史事件的直接陳述，一般人會認為不宜入詩，因為它不夠「詩意」，既不是寓情於景，也不是含蓄表白，也不是激情燃燒，也不是妙趣獨得。像「下牀畏蛇食畏藥，海氣濕蟄熏腥臊」這樣的詩句，在今人的詩歌裏根本看不到，因為這裏表現出的詩歌趣味是反詩歌的，邪性、蠻橫、污濁、氣味不好，這麼寫詩的韓愈豈非病態！但韓愈可是宗師級的大文人，他比我們更懂得

「斯文」的含義。李商隱《韓碑》詩說:「公之斯文若元氣。」韓愈以文字處理當下生活的涉險勇氣和雜食胃口深刻打擊着我們這周作人、林語堂、張中行化了的、晚明小品化了的、徐志摩化了的、以泰戈爾為名義的冰心化了的、張愛玲化了的文學趣味。韓愈要是活在今天,肯定會蔑視我們。這一閃念讓我不寒而慄。

　　周作人以韓愈作為衛道士的代表,批判韓愈「載道」和「做作」,但當他如此貶損韓愈之時,他其實也是在貶損仰慕韓愈的杜牧、劉禹錫、李商隱、蘇軾、蘇轍等人。周作人這樣做有點像王維回身跳過安史之亂的大泥潭跑到中唐去罵韓愈。而一旦日本人到來,選擇與之合作的周作人的處境竟與曾出任安祿山偽職的王維略有相似;到這時,他才尷尬地意識到,韓愈對中華文化的意義不是他周作人可以撼得動的 —— 這是順便說到的話。

　　初看,古代這些構成我們文學座標的人物,他

們都一個樣。我們有此感覺是因為古文死去了，不是我們的語境了。但你若真進到古人堆兒裏去看看，你就會發現他們每個人之間的差別很大：每個人的稟賦、經歷、信仰、偏好、興奮點都不一樣。他們之間有辯駁，有爭吵，有對立，有互相瞧不上；當然也有和解，有傾慕，因為他們都是秉道持行之人。只有看到這一點時，古人才是活人。但自古漢語死掉以後，他們統一於他們的過去時，他們成了長相一致的人，都是書生，都是五七言律絕，或者排律、歌行，都押韻，都用典。但其實他們各自長得並不一樣。中國古人也千差萬別，像今人一樣，儘管他們的寫作是類型化的，是現代文明還沒有興起以前的寫作。

夕陽無限好，

詩人的自言自語寫出現代人的惆悵。

讀法五

一種窩囊、彆扭的寫作

平易尖穎 —— 李漁給女子們的選詩建議

我討論了李白、杜甫和韓愈。我知道今人中會有人既不喜歡這幾個人，也不喜歡我討論他們的方式。而有趣的是，古人中亦有不快於我的工作、見解者。清代袁枚在其《隨園詩話》卷五中這樣說：「抱韓、杜以凌人，而粗腳笨手者，謂之權門托足。」——這是在罵我了，儘管我沒有要「凌人」的意思，而只是想把一些本該說清楚的事說清楚。大才子袁枚不懂的是，「粗腳笨手者」中不乏歷史開創者和文化開拓者，反倒是他那樣的性情中人、搞點小顛覆的精雕細刻之手，多屬吃文化現成飯者，他們具有充足的文化合法性，搞好了能成為半個「集大成者」。祝賀。但真正的集大成者則需要一種容納非法趣味的、強健的文化胃口和處理當代生活的能力。當然袁枚也沒有一味回護細弱的文化胃潰瘍們。他說：「仿王、孟以矜高，而半吞半吐者，謂之貧賤驕人。」聯繫到他所說的「詩貴淡雅」，看來

他認為自己才是王、孟的真正繼承者 —— 沒想到在這裏我跟袁枚槓上了（這引出了我的第二個「沒想到」：為了看清當代問題，我們居然不得不把問題上溯到如此久遠的過去）。但既然孟郊「謂言古猶今」，那麼這也就沒什麼。我討論韓、杜的方式，應該是袁枚所不了解的。抱歉，吾生也晚，且詩歌趣味與袁枚不同，我看中詩人的創造性，而這樣的創造性包含了詩人指涉歷史，對於活生生的、喧囂的社會生活的吞吐能力，以及在此背景下呈現和構思自我的能力。

在《隨園詩話》卷三中，袁枚透露，他的前輩，清初王士禎不僅不喜歡李、杜、韓，連白居易也在他的興趣之外，只是「因其名太高，未便詆毀」。袁枚對王士禎的評價是：「先生才本清雅，氣少排奡，為王、孟、韋、柳則有餘，為李、杜、韓、蘇則不足也。」（《隨園詩話》卷二）既然大才子王士禎才有不逮，那麼袁枚亦當有其盲瞽之處。袁枚露怯而自信地表示他對杜甫卓絕千古的〈秋興八首〉並不感冒：「余雅不喜

杜少陵〈秋興八首〉，而世間耳食者往往讚嘆，奉為標準……此八首不過一時興到語耳，非其至者也。」（《隨園詩話》卷七）似袁枚這等印象式批評，實無有對錯，個人才調、性情、財產、地位、社會生活環境、所居山水氣候、歷史時段使然也。袁枚在面對《秋興八首》時的露怯，表明他也才有不逮：他除了跟孔夫子叫板，收集下一堆怪力亂神的《子不語》作為茶餘飯後的談資，大膽教了幾個不上道的女弟子，成為文人雅士中婦女解放者的同路人，其實也沒寫出什麼了不得的東西。那就讓他鬧吧。對當代那些平庸又自視不俗且好語出驚人的印象式批評，我也持這個態度。

　　我承認，在閱讀理會唐詩時我並非沒有盲點。我的盲點是晚唐詩。我並非不知道杜牧、李商隱、溫庭筠的大名，並非不能背誦他們的部分作品，我也讀過許渾、皮日休、陸龜蒙、聶夷中、杜荀鶴、羅隱、貫休和尚、韋莊、韓偓等人的作品。我也知道而且沒有按照今人的趣味來理解黃巢的「滿城盡帶黃金甲」。

但我承認，我對晚唐詩缺乏理解，更談不上受到其影響。我想我還沒有找到進入晚唐的正確途徑。因為缺少自己的發現，我在多數情況下就只能重覆別人的見解。南宋陸游在〈花間集跋〉中說：「詩至晚唐，氣格卑靡。」——我信。清人何文煥在《唐律消夏錄》的評語中說：「五律至中、晚，法脈漸荒，境界漸狹。徒知煉句之工拙，遂忘構局之精深。」——我信。現代學者龍榆生在《中國韻文史》中說：「晚唐人詩，唯工律絕二體；不流於靡弱，即多淒厲之音，亦時代為之也。」——我也信。一般說來，晚唐詩歌的題材不外乎廢城荒殿、殘花敗景、夕陽冷雨、山林漁樵、乖舛人生、離愁別緒、傷心懷古。其情調，多哀傷淒美，韻味悠長，間有脂粉氣；其寫法，多從瑣細處着眼，多用典，對仗工細，講究語言的音樂修養，耽於遊戲文章——這都是別人的說法，我姑且都接受。曾見有人借西方文學中象徵主義的視角討論李商隱，彷彿李商隱是法國波德萊爾、馬拉美（Stéphane Mallarmé）、蘭波

(Arthur Rimbaud)、魏爾倫(Paul Verlaine)那幫人中的一個。我雖然覺得這種號稱學術、拿西方概念套中國的人與事的做法總有可疑之處，但也姑且就這麼接受了。在我讀到的對晚唐詩的看法中，最有趣的看法來自明末清初的戲劇家李漁。他在《閒情偶寄．聲容部》中的「文藝」一節中説：

> 欲令女子學詩，必先使之多讀，多讀而能口不離詩，以之作話，則其詩意詩情，自能隨機觸露，而為天籟自鳴矣。至其聰明之所發，思路之由開，則全在所讀之詩之工拙。選詩與讀者，務在善迎其機。然則選者維何？曰：在平易尖穎四字。平易者，使之易明且易學；尖穎者，婦人之聰明，大約在纖巧一路，讀尖穎之詩如逢故我，則喜而願學，所謂迎其機也。所選之詩，莫妙於晚唐及宋人。初中盛三唐，皆所不取；至漢魏之詩，皆秘勿與見，見即阻塞機鋒，終身不敢學

矣。此予邊見，高明者閱之，勢必啞然一笑。然予才淺識陋，僅足為女子之師，至高峻詞壇，則生平未到，無怪乎立論之卑也。

這段話令我心情大好！他所謂「所選之詩，莫妙於晚唐及宋人。初中盛三唐，皆所不取；至漢魏之詩，皆秘勿與見」着着實實是在與嚴滄浪「不做開元、天寶以下人物」的說法唱對台戲了，這裏透露出關乎傳統詩歌閱讀與批評的許多資訊。對於今日晚唐詩的愛好者們，無論男女，李漁的這段高見一定會令他們哭笑不得。這裏，李漁雖然狡猾地自謙了一下，說自己「才淺識陋」，但我們能看出他給出他「獨到」觀點時的洋洋自得。他從戲劇家的角度看詩歌，以娛樂的、業餘的方式閱讀詩歌，果然不同凡響！他把晚唐詩與女子閱讀聯繫在一起，無意間既公開了一些晚唐詩本身的秘密，又順帶擠兌了一下所有晚唐詩的愛好者們。此外，他如此憐惜、照顧「女子」的閱讀趣味，卻又是十

足地站在男性中心論的立場上，從智力上輕視女子，
這定為當今女性主義者們所不容。

亦文亦武，亦剛亦柔——杜牧的精神疆域有多大

　　那麼，在李漁所說到的晚唐詩中包括杜牧、李商
隱的作品嗎（包括溫庭筠、韓偓的作品倒可以理解）？
「女子們」能夠接受杜牧和李商隱的彆扭和窩囊嗎？
宋以降人們普遍推重李商隱為晚唐最重要的詩人，其
作品隱晦、複雜、多用典、常傷悼、靡麗、雕琢、憂
鬱、眷戀、「夕陽無限好」，這些品質的確代表了晚唐
詩的一部分特色與內容，可是李商隱的傑出絕不僅限
於此，至少絕不僅限於北宋初西昆體楊億、劉筠、錢
惟演這一班人所理解的李商隱。而北宋末南宋初的韓
駒、南宋楊萬里及「永嘉四靈」等為反對北宋上溯杜韓
的、艱澀的江西詩派，都倡導返回晚唐詩（韓駒本是江

西詩派，楊萬里本宗江西詩派），但看來也沒能再造出李商隱、杜牧，甚至許渾那樣的詩人。一般說來，凡不喜李、杜、韓的讀者和作者，都會欣賞晚唐詩。可是晚唐詩人們並不自認為與盛唐、中唐的詩人們處於敵對狀態，李商隱甚至部分地自杜甫而來，他的五言排律始終在向杜甫看齊。他早年對韓愈的詩文也曾下過一番功夫，否則他不會寫出〈韓碑〉這樣的「韓愈體」詩篇。這首詩在清代紀曉嵐看來「筆筆超拔，步步頓挫」。那麼究竟應該怎樣理解「夕陽無限好」的李商隱呢？況且，我們若以李商隱作為標準晚唐詩人的話，我們對於杜牧的詩歌、文章就會失明。《新唐書‧杜牧傳》言：「牧剛直有奇節，不為齪齪小謹，敢論列大事，指陳病利尤切至。」我對晚唐詩雖然思考不多，感受不深，但晚唐詩裏呈現出的一些值得關注和討論的問題我還是看到了。我們還是先從杜牧說起。他比李商隱大十三歲。

　　二零一三年四月我曾赴揚州參加第一屆國際詩

人瘦西湖虹橋修禊。在一個小碼頭上我看到一塊新立的石碑，上面鐫刻着毛澤東手書的杜牧詩〈寄揚州韓綽判官〉：

　　青山隱隱水迢迢，秋盡江南草未凋。
　　二十四橋明月夜，玉人何處教吹簫。

　　與李商隱相比，杜牧其實是一個明亮的人。這首盡人皆知的詩雖取時在夜晚，但一點也不晦暗。它應該是李漁願意拿給「女子」看的詩。但不知他會否在出示這首詩的同時也出示一下杜牧二十三歲時寫下的〈阿房宮賦〉：

　　六王畢，四海一，蜀山兀，阿房出。覆壓三百餘里，隔離天日。驪山北構而西折，直走咸陽。二川溶溶，流入宮牆。五步一樓，十步一閣；廊腰縵回，簷牙高啄；各抱地勢，鈎心鬥角。盤盤

焉，囷囷焉，蜂房水渦，矗不知其幾千萬落。長橋臥波，未雲何龍？複道行空，不霽何虹？高低冥迷，不知西東。歌台暖響，春光融融；舞殿冷袖，風雨淒淒。一日之內，一宮之間，而氣候不齊。

只這〈阿房宮賦〉的第一段就令我略微困惑：杜牧究竟有幾個側面？在這裏，我們看到青年杜牧高強的空間想像力和歷史想像力以及精彩的敘述鋪陳能力（意大利當代作家卡爾維諾〔Italo Calvino〕的《看不見的城市》〔Le città invisibili〕在空間虛構方面也不過如此）。當然他的想像力肯定與他的閱讀有關。我在此強調他的想像力，是因為當代考古學者李毓芳教授帶領考古隊經過數年發掘後得出結論：秦代阿房宮根本就沒有建成。而杜牧想像出的阿房宮卻壯麗得如同海市蜃樓。但是，這依然不是杜牧豪宕之才與濟世關懷的全部。杜牧這個人，居然還是春秋孫武子兵書的注者之一。

翻閱《十一家注孫子》我們會知道，在從三國曹操到宋代諸公的十一家注者當中，杜牧的注文最好，最有見地，最博學豐贍。作為詩人、書生的杜牧，雖無實戰經驗，卻當得起軍事學家的頭銜。《孫子‧謀攻篇》中的大名言「知己知彼者，百戰不殆」杜牧注曰：

> 以我之政，料敵之政；以我之將，料敵之將；以我之眾，料敵之眾；以我之食，料敵之食；以我之地，料敵之地。校量已定，優劣短長皆先見之，然後兵起，故有百戰百勝也。

《孫子‧虛實篇》曰：「能因敵變化而取勝者，謂之神。」杜牧注曰：

> 兵之勢，因敵乃見，勢不在我，故無常勢。如水之形，因地乃有，形不在水，故無常形。水因地之下，則可漂石；兵因敵之應，則可變化如神者也。

　　在落筆寫下這些闡發《孫子》的文字時，杜牧胸中一定藏着千軍萬馬、千岩萬壑。那麼這位杜牧與那個寫「二十四橋明月夜」的杜牧是什麼關係？是一個人嗎？既然是一個人，則此人真正是亦文亦武，亦剛亦柔了，那麼他的精神疆域究竟有多大？杜牧論文與常人不同，他竟以兵家之語論之。在〈答莊充書〉中他說：「凡為文以意為主，氣為輔，以辭彩、章句為之兵衛……四者高下圓折，步驟隨主所指，如鳥隨鳳，魚隨龍，師眾隨湯武，騰天潛泉，橫裂天下，無不如意。」這是典型的晚唐人的口氣嗎？他是生錯了時代嗎？按常理，一個深懷英雄抱負的人，若不能馳騁於時代，其英雄氣短、英雄無用武之地的窩囊之感得有多麼強烈！杜牧有時遊戲筆墨，而當此時刻，他會感到另一個杜牧在注視他嗎？他會心有不甘嗎？抱負不得伸展，仕路不暢，世事艱難，他本應向頹靡靠攏，但從他的詩文集看，他雖喜遊宴逸樂，為人不拘小節，卻不曾倒向頹靡，那麼他的神經得有多粗壯！杜

牧生活的時代，白居易、元稹的影響正如日中天，但在〈唐故平盧軍節度巡官隴西李府君墓誌銘〉中，杜牧曾借李戡之口批評元白某些詩作「纖艷不逞，非莊士雅人，多為其所破壞」。白居易也趕上了牛李黨爭。從政治上說，杜牧與白居易同屬牛黨，但杜牧就是不喜白居易的浮薄。杜牧的遠祖杜預是西晉著名政治家和學者。曾祖杜希望為玄宗時邊塞名將，雅好文學。祖父杜佑，是中唐政治家、史學家，先後任德宗、順宗、憲宗三朝宰相，一生好學，博古通今，著有《通典》二百卷。父親杜從郁官至駕部員外郎。杜牧曾這樣形容自己的家族門第：「舊第開朱門，長安城中央。第中無一物，萬卷書滿堂。」這樣的家庭出身會令他傲視羣倫，但他不幸生活在牛李黨爭的時代，左右不是人。

人們一般把他劃入牛僧孺一黨，但他在李德裕為相之際也曾積極上書條陳政見，期望被採納。他曾歷任刺史，最後官至中書舍人，官運不算潦倒，但也稱不上得意。杜牧最終一定是懷着失望離去的。不過他

的狀況還是比李商隱好些。而本來受知於令狐楚，應
該屬於牛黨的李商隱偏偏娶了李黨官僚王茂元的女兒
為妻，被令狐楚之子令狐綯厭憎，視之為背叛之徒，
而李黨又以其祖尚浮華、不循禮法，因不予提拔，致
其終身沉淪下僚，這讓李商隱感到窩囊得不行。名義
上他和杜牧黨屬不同，但他曾以同道的口吻寫到杜牧：

高樓風雨感斯文，短翼差池不及羣。

刻意傷春復傷別，人間唯有杜司勳。

這是李商隱的〈杜司勳〉一詩，他還寫有一首〈贈
司勳杜十三員外〉。兩個人都是窩囊彆扭的天才。李商
隱詩比杜牧詩密實、晦澀，除了性格不同、出身不同
的原因，不知道這是否由於李商隱比杜牧更窩囊。

杜甫心苦，但並不窩囊，李白更不必說，韓愈也
是，白居易也是。王維晚年雖然窩囊，但王維選擇不
寫。孔、墨、老、管、莊、孟、荀、韓都不曾論及窩

囊，《呂氏春秋》、《淮南子》、《論衡》也不曾論及；屈原鬱悶、悲愁、憤恨、絕望，但他浩浩蕩蕩地表達了出來。阮籍憂愁至極，時感被動不得已、如履薄冰，故避身酒甕，但似乎也與窩囊無緣。而窩囊是鬱悶、憤恨、屈辱感表達不出來或表達不清楚或雖表達出來卻表達不盡。司馬遷〈報任安書〉雖觸及窩囊感受，但被一種悲烈的歷史意志所掩。一般說來，窩囊帶有世俗性，古人肯定免不了窩囊，但它見於文字表述，多為現代之事。從這個意義上說，杜牧、李商隱——尤其是李商隱——的窩囊感受應該接近於現代人，只不過他們的寫法是唐人的。

時間轉換帶動空間轉換——李商隱是如何處理當下

凡人感到窩囊，必深切體會到個人的存在。因此李商隱得以在杜甫、韓愈之後將唐詩繼續推進。清初

吳喬《圍爐詩話》卷三云：「於李、杜、韓後，能別開生路，自成一家者，唯李義山一人。」我曾見有人（例如蔣勳）說李商隱表達出了一個走向滅亡的唐朝，但我不認為李商隱能先知先覺地清楚認識到唐朝的歷史即將終結，儘管他看到了他那個時代宮廷、社會的種種問題。他肯定不具備一般是歷史馬後炮的大歷史洞見，他肯定也不曾認真研究過前人李淳風和袁天罡的《推背圖》（開個玩笑）。所以當他說「夕陽無限好，只是近黃昏」時，他可能更多是從個人遭際出發寫下這樣的詩句。他多次寫到樂遊原，不只是「夕陽無限好」這次。那裏看來是他常去的地方。他喜歡夕陽、夕曛、斜陽、殘陽、黃昏、薄暮、暮景、暮霞、暮鴉、晚、山晚，他反覆寫到這個時間段和這個時間段的景物，很難說這是他的歷史感使然。拔高他的歷史預測能力其實沒有必要。他的性格只是吻合了歷史的走向。李商隱的個人遭際會加重他性格中抑鬱、敏感的一面。他把自己歸入了由宋玉、賈誼、曹植、王粲等人組合

成的抑鬱、敏感、惆悵的家族。這個家族的人往往短
命，故李商隱說「古來才命兩相妨」。李商隱從他的抑
鬱並且糾結的心緒裏發展出一種獨特的處理當下的方
法：他詩寫眼前景物，卻又總是拉出另一個時間點，
要麼是未來某個時間點，要麼是被賦予了當下因素的
某個過去的時間點。換句話說，他總是以古喻今，以
今為古；他總是包納明天，又從明天看回今天。今
天，對他來說，不是，或不總是今天。他的此刻，
不僅是為此刻而存在，而是為將來的追憶、懷舊而存
在；彷彿他的此刻不是現在時的，而是過去時的或者
過去進行時的（套用一下西方語法中的時態概念），或
者將來現在時的或者將來現在進行時的（西方語法中沒
有這兩種時態）；彷彿他的此現場總是通着彼現場（涉
及時間轉換帶動的空間轉換）。這真絕了。他寫詩如
下棋，走一步，看兩步。像他這樣敏感的人 —— 我想
到了林黛玉 —— 一般總是，活着卻要想到人之將死，
宴飲卻要想到席終人散，見春花怒放卻要想到春之將

去。不必舉出偏僻的例子，李商隱那盡人皆知的詩句
「何當共剪西窗燭？卻話巴山夜雨時」，已經很好地展
示了他這種獨特的時間觀。前面我們說到，王維的時
間是永恆的時間，杜甫的時間是個人時間、自然時間
與歷史時間的融會，而李商隱發展出的是一種雙重時
間：此刻與未來，此刻與往昔。他在詩中反反覆覆地
使用到「夢」「憶」這樣的字眼（就像李賀詩中喜歡用「老」
「鬼」等字），我們姑舉含「憶」字的詩句為例 —— 喜用
「憶」字說明李商隱一天到晚心事重重：

　　　此情可待成追憶（〈錦瑟〉）

　　　憶把枯條撼雪時（〈池邊〉）

　　　永憶江湖歸白髮（〈安定城樓〉）

　　　卻憶短亭回首處（〈韋蟾〉）

　　　琥珀初成憶舊松（〈題僧壁〉）

　　　無限紅梨憶校書（〈代秘書贈弘文館諸校書〉）

　　　帝城鐘曉憶西峯（〈憶住一師〉）

不許文君憶故夫（〈寄蜀客〉）

再到仙檐憶酒壚（〈白雲夫舊居〉》）

幾對梧桐憶鳳凰（〈丹丘〉）

豈知孤鳳憶離鸞（〈當句有對〉）

每到城東憶范雲（〈送王十三校書司〉）

不教斷腸憶同羣（〈失猿〉）

只有襄王憶夢中（〈過楚宮〉）

憶得前年春　　（〈房中曲〉）

憶奉蓮花座　　（〈奉寄安國大師兼簡子蒙〉）

遂憶洛陽花　　（〈病中聞河東公樂營置酒口占寄上〉）

始看憶春風　　（〈代貴公主〉）

臨城憶雪霜　　（〈即日〉）

如何為相憶　　（〈夜意〉）

嶺外他年憶　　（〈九月於東逢雪〉）

謝朓真堪憶　　（〈懷求古翁〉）

夠了，太多了。如此使用甚至濫用「憶」字的人必

是一個孤獨者(所謂「獨夜三更月，空庭一樹花」「求之流輩豈易得，行矣關山方獨吟」)，不同於當今有愛有失落、無愁無憂戚的唧唧歪歪的詩作者和歌詞作者們：李商隱一定缺乏說話的對象，或有時他雖有明確的說話對象，但當他開口時，話卻說給了另一個影子一般的傾聽者，而對影子開口，他說出的話就成了幽幽的自言自語。李商隱是個情種(其〈暮秋獨遊曲江〉詩的口吻甚至令人聯想到六世達賴喇嘛倉央嘉措)，情種而沒有說話的對象，這得是多大的彆扭！於是他的自言自語不僅投向人影，還投向植物與花鳥魚蟲。他贈柳，憶梅，嘲櫻桃，寫到桃樹、石榴、牡丹、杏花、蓮花、雞、魚、燕、蜂、蝴蝶、蟬、老鼠、蝙蝠……他有一首詩居然叫作〈蠅蝶雞麝鸞鳳等成篇〉！在這首詩裏他還寫到了玳瑁、琉璃。這應該是一個寓言的世界，但李商隱又不是在寫寓言。那他在寫什麼呢？他的蜂、蝶被賦予性的含義，但有人偏將他寫私情的詩解釋到一點私情也沒有。誰讓他寫了那麼多的〈無題〉

詩！他還使用怪七怪八的典故（據宋人筆記《楊文公談苑》，李商隱作詩時總要查閱大量書本。書本亂攤在屋裏，人稱「獺祭魚」），他如此用典構成了他的晦澀，可是卻沒人以此稱讚他淵博！這是怎麼回事？當代人面對這樣的寫作真就沒招了，因為沒法命名，便想起了歐洲的波德萊爾、魏爾倫、王爾德（Oscar Wilde），遂稱之為象徵主義！象徵主義有頹靡的一面，李商隱恰好也有頹靡的一面，乃至色情的一面（「一夜芙蓉紅淚多」），那就定下來了，是「象徵主義」了！但李商隱可能比象徵主義諸詩人還要複雜。不知道李漁的「女子」們能不能接受這樣複雜的詩歌。

結語

以古人對唐人寫作的總體描述
作為不是小結的小結

　　現在的文學史一般都將唐代的詩歌寫作分為初唐、盛唐、中唐、晚唐四個時期。這種劃分起源於南宋嚴羽的《滄浪詩話》(但嚴羽未提及中唐,所提為「大曆體」「元和體」),元代方回和楊士弘均有進一步闡發,補入「中唐」概念(但最早使用「中唐」概念的是比嚴羽早一百多年的理學家楊時)。四個時間段的分期是到明代高棅編《唐詩品彙》時從「聲律、興象、文詞、理致」這幾個方面考慮,才最後確定下來。這四個時間段具體是指:初唐——高祖武德元年(六一八年)至玄宗先天元年(七一二年,玄武門之變,李隆基登基);盛唐——玄宗開元元年(七一三年)至代宗永泰二年(七六六年,其間雖有安史之亂,但杜甫、李白、高適

等在持續書寫）；中唐——代宗大曆元年（七六六年，這一年十一月改元大曆，大曆十才子登場）至文宗大和九年（八三五年）；晚唐——文宗開成元年（八三六年）至哀帝天祐四年（九零七年，其間八七四—八八四年王仙芝、黃巢之亂）。

　　唐詩的自我壯大也有一個過程，不是一上來就傲視歷代詩歌。按唐代殷璠在《河嶽英靈集》的〈敘〉中追溯：「自蕭氏以還尤增矯飾，武德初微波尚在，貞觀末標格漸高，景雲中頗通遠調，開元十五年後聲律風骨始備矣。」這是盛唐時代唐人自己對本朝詩歌的看法。安史之亂導致時局大變。至中唐元和年間（八零六—八一九年），詩壇再次勃興。白居易在〈餘思未盡加為六韻重寄微之〉詩中說：「制從長慶辭高古，詩到元和體變新。」楊時亦曾有言：「元和之詩極盛。」（《龜山先生語錄》卷二），但白居易所說的「元和體」本指他自己和元稹的和韻長篇之作，後人，例如蘇軾，將這個概念擴大，泛指那個時代主要詩人們的創作，這其

中也包括了韓愈、孟郊、劉禹錫、柳宗元、賈島、李賀、盧仝、張籍、王建等。詩歌寫作的方向到這時分出兩岔：韓孟一路，元白一路（當然每一個時代都有不好歸類的人）。自中唐至晚唐，詩人之間多有唱和。詩人們相互靠攏。元稹為杜甫撰墓系銘。元稹為白居易詩集作序。韓愈發現李賀並為之不得應進士考作諱辯。杜牧稱讚韓愈、張祜。杜牧為李賀詩集作序。李商隱稱讚杜牧。李商隱為李賀作小傳。李商隱為白居易撰墓碑銘……一個「乘運共躍鱗」的詩歌帝國，一個「眾星羅秋旻」的詩歌宇宙，燦然呈現。

二零一六年二月九日至五月十日
六月二十九日定稿於委內瑞拉卡拉卡斯

附錄一

杜甫的形象 *

一、如何談論杜甫？

　　唐詩裏最難談的人物恐怕就是杜甫了。比較而言李白更好談一些。李白被認為是天成的人物，也就是「天才」，是「謫仙」，不可接近，其詩作不可模仿，超越於分析。所以講講李白的逸事、神話，就能展現出他這個人的風采。而杜甫被認為是可以通過模仿來接近的，是一位人間之人，要講他，反倒讓我覺得有壓力。每個人心裏都有一個杜甫，都能背一些杜甫的詩，在這種情況下要將杜甫講出點新意，着實有些困難，所以我就想到了「杜甫的形象」這個題目。——

---

* 根據二零一八年六月二日在北京十月文學院所做講座的內容擴寫

杜甫的早年形象說不上：他的詩歌到現在流傳下來的有一千四百多首，其中百分之九十以上的作品都是他四十歲以後寫的，他早期的東西都沒了；所以談杜甫的形象，其實談的是杜甫晚期的形象。

　　美國華人學者洪業，一輩子出版的唯一一本學術著作，是《杜甫：中國最偉大的詩人》。他書中有一句話說：「絕大多數中國史學家、哲學家和詩人都把杜甫置於榮耀的最高殿堂，這是因為對他們來說，當詩人杜甫追求詩藝最廣闊的多樣性和最深層的真實性之際，杜甫個人則代表了最廣大的同情和最高的倫理準則。」——談中國古典詩人，能夠用「最」字最多的就是杜甫了。這裏涉及倫理準則，涉及他的同情、他詩歌的真實性、多樣性。美國還有一位學者陸敬思（Christopher Lupke），他說杜甫是中國古今詩人的「大家長」（poetic patriarch）。——每個家裏都有家長，中國詩人的大家長就是杜甫。這個說法很精彩，但也讓我們討論杜甫有了難度。今天我選的這個角度相對容

易一點，講杜甫的形象。其他角度三兩句話沒法說清楚。我會談到杜甫的生平際遇、杜甫的趣味、杜甫的現實感，這些話題都跟杜甫作為一個詩人的形象有關係。

　　作為儒家詩人的代表人物，雖然有時，尤其在晚年，杜甫也想尋仙訪道（見〈憶昔行〉〈詠懷二首‧其二〉〈幽人〉等），也對佛教表現出好感（見〈秋日夔府詠懷奉寄鄭監審李賓客之芳一百韻〉〈大覺高僧蘭若〉〈謁真諦寺禪師〉等），但他跟整個儒家這套話語，有着密切的關係。這很好地表現在他於大曆三年（七六八）寫給兒子的〈又示宗武〉一詩中：「應須飽經術，已似愛文章。十五男兒志，三千弟子行。曾參與游夏（子游、子夏），達者得升堂。」我在《唐詩的讀法》裏提到了杜甫與儒家的歷史轉變之間的關係：我們現在感受到的儒家，更多是安史之亂以後，在宋代做大起來的、理學化了的思孟系統的儒家。思孟系統（子思、孟子）是一個傳道系統。而儒家還有一個傳經系統：杜甫在〈又

示宗武〉詩中提到的「夏」，就是孔子的學生子夏。孔子歿後，他設帳魏國西河，在那兒傳授儒家所有的經典。子夏的學生中有公羊高和穀梁赤（僅從一般說法）又傳下來《春秋公羊傳》和《春秋穀梁傳》。是為傳經系統。從漢代到中唐，傳經系統的儒家，在中國整個儒學系統裏非常活躍。安史之亂後，孟子的地位大幅度上升，變得極其崇高，思孟系統即傳道系統的儒家才變得越來越重要了。杜甫趕上了安史之亂，這個中國古代歷史的分水嶺，巨大的變遷時代；同時又趕上了儒家轉向、孟子成為後來的亞聖的時代。孟子的最終做大要等到中唐韓愈起來以後，但杜甫已經在拿孟子照鏡子了。其作於大曆四年（七六九）的〈詠懷二首‧其一〉曰：「人生貴是男，丈夫重天機。未達善一身，得志行所為。嗟余竟轗軻，將老逢艱危。」這裏，杜甫想到的是孟子名言「窮則獨善其身，達則兼濟天下」，而自己未能行孟子之道。所以說，作為一個儒者的杜甫，被抬到如今這樣的地位，既有其內在原因，也有

外部原因。

　　杜甫的詩被稱作「詩史」。那麼歷史對於中國文化、中國文學的作用和意義，相當於神話對古希臘人的作用和意義。中國的文學裏很多東西都跟歷史扣在一起，二者很難分開。杜甫的詩歌滿足了歷史的要求。我們習慣於把詩和史聯繫在一起，這使他成為了一個如此重要的詩人。這種情況在當代詩歌裏沒有。當代詩歌基本上已經不負擔述史的作用，與此同時我們又受到外國文學的影響，包括浪漫主義、現實主義、現代主義、後現代主義的影響，我們大多數人寫的基本上是抒情觀念之下的詩歌。二十世紀美國著名詩人肯尼斯‧雷克思洛斯 (Kenneth Rexroth，中文名字王紅公) 在其《重讀經典》(*Classics Revisited*) 一書中有專文論述杜甫。他說杜甫的詩「既非史詩，亦非戲劇詩，也不是任何現成的抒情概念下的詩歌」。他認為杜甫與莎士比亞、托馬斯‧坎皮翁 (Thomas Campion)、歌德或者薩福 (Sappho) 意義上的抒情詩幾乎沒有關係。

二、杜甫的人生經歷

　　中國古代詩人中，以現在的標準看，很長壽的幾乎沒有。杜甫在戰亂中活到五十八歲，七一二年（睿宗延和元年、玄宗先天元年）到七七零年（代宗大曆五年）。杜甫的一生可以分成幾個階段。首先是早年讀書漫遊的階段，持續到他三十多歲。這期間發生了一件很重要的事，就是他在洛陽遇到被玄宗賜金放還的李白，後來他們倆又遇到高適。那時杜甫三十三歲，李白比杜甫大十一歲，是四十四，高適比杜甫大六歲，是三十九歲。

　　對於李杜的關係，郭沫若寫過《李白與杜甫》，聞一多也提到過。很多人都有不同的猜測和解讀，比如說他們覺得杜甫對李白那麼好，李白卻拿杜甫開涮（編注：意指戲弄）（李白〈戲贈杜甫〉〈飯顆山頭逢杜甫〉，可能是偽作）。也有人猜測兩個人關係很好，兩人旅行的時候會蓋一條被子（杜甫〈與李十二白同尋范十隱居〉

「醉眠秋共被，攜手日同行」），讓美國的同性戀詩人們想入非非。李白給杜甫寫過兩首詩，而杜甫給李白寫了很多詩，他們之間主要的交流就是當年在一塊兒遊歷。先是在梁、宋這塊地方，後來兩個人又一塊兒到了蘄州，分手之後再次見面的時候在東魯。

　　無論怎樣，我在《唐詩的讀法》裏提到，李白應該對杜甫產生了不小的影響。杜甫在李白身上看到了一個奇觀。其實杜甫本身在某種意義上也是奇觀，只不過更多的時候我們把他放在儒家的話語裏。儘管杜甫是個儒家詩人，但他也曾在詩中說：「禮樂攻吾短，山林引興長。」（〈秋野五首·其三〉，大曆二年〔七六七〕）──這和李白的影響有關嗎？頭兩天我在江西南昌，有一個寫古體詩的學生還跟我講，他分析有些古代詩人的詩不合平仄。我說所有合章法、合規矩、合平仄的寫法，都是小詩人的路數，對大詩人你沒法這麼判斷。宋代的黃庭堅，説自己的書法是「老夫之書本無法」。也就是説，在邁過很多門檻兒之後，

這些大詩人、大藝術家內心就開始有一種自由度，開始搞破壞。很多人是跟着章法走的，但大詩人總有破壞章法的能力，破壞工作有時候就能呈現為奇觀，而這也是建設。在李白身上我們看到了這一點，在杜甫身上我們也能看到這一點。別人的長篇詩作很多四行一換韻，杜甫可以八行一換韻，杜甫就敢這麼幹。拗體詩，在別人那兒是缺點，到杜甫這兒就是精彩。對他來講這是自由，但對於整個詩歌史來講，他是在給詩歌立新的章法。所以說，杜甫也是一個奇觀。《新唐書‧杜甫傳》說：「甫曠放不自檢，好論天下大事，高而不切。」他後來在長安上玄宗三大禮賦時自謂：「沉鬱頓挫，隨時敏給，揚雄、枚皋可企及也。」──這狂勁兒比李白也不差。讀杜甫寫於大曆三年（七六八）的〈壯遊〉一詩，對他的豪情快意可以想像一二。

　　杜甫人生的第二階段是困居長安的時期，大概是三十多歲到四十歲。第三個時期是為官時期，大概是從他四十四歲到四十八歲，時間很短，正好是安史

之亂的時間。陳寅恪說安史之亂是中國古代史的分水嶺，之前和之後的中國，幾乎像兩個中國。日本大漢學家內藤湖南認為，從安史之亂開始，中國進入了唐宋變革期，跨度從中唐一直到宋，思孟系統或傳道系統的儒家在中國的影響開始變大，一直持續到明清、到今天。籠統地說起中國幾千年的歷史，我們往往會忽略這些變化。我們漢族人填表寫自己的民族時會填「漢」，可按照傅斯年的講法，實際上漢朝的漢族到六朝結束以後就沒有了（見傅斯年《史學方法導論・中國歷史分期之研究》）。很難說今天的我們跟漢朝的漢族完全是同一個「漢族」，可能存在當時的基因，但已經有很大的變化了。

杜甫趕上了安史之亂，目睹了戰爭慘烈的情狀。肅宗朝宰相房琯在陳陶斜和青阪打了兩場大敗仗，讓唐軍損失慘重。杜甫曾經在〈悲陳陶〉裏有一句「四萬義軍同日死」。部隊大概有四萬多人，四萬義軍一天全死了，太可怕了。杜甫跟房琯兩個人是老朋友，時

任左拾遺的他為此要疏救房琯，結果一下子得罪了皇
上，就回家省親去了。後又隨肅宗還長安，然後被貶
為華州司功參軍，然後棄官，於是杜甫離開朝廷，開
始進入漂泊的生涯，也就是他人生的最後時期，大概
是從四十八歲到五十八歲，十年的時間。我們所能知
道的杜甫的形象，主要是來自於他的漂泊時期。他先
是向西漂泊，到達天水、同谷一帶，後來到了成都，
在嚴武等人的幫助下築起草堂，後又離開成都在湖南
湖北這一帶漂泊，直到死去。

三、杜甫晚年的形象

孤寂的精神形象

　　進入杜甫西南漂泊的時期，就進入了杜甫晚年的
形象。杜甫晚年的形象，可以分為精神形象、肉體形
象兩方面。

　　首先是精神形象。杜甫晚年很潦倒，儘管他得到
了高適、嚴武等人的幫助。他會毫不猶豫地請求後來

做了大官的高適的幫助。杜甫四十八歲時寫有一首詩〈因崔五侍御寄高彭州一絕〉，管高適要吃的：「百年已過半，秋至轉饑寒。為問彭州牧，何時救急難？」——你什麼時候來幫我呀？現在我們不好意思這樣說出口，但當時他們朋友之間可以這麼幹（杜甫不這麼幹也沒有別的辦法）。直到五十八歲去世之前，杜甫一直在呼籲朋友的幫助。大曆五年杜甫詩〈奉贈蕭十二使君〉：「不達長卿病，從來原憲貧。監河受貸粟，一起轍中鱗。」這裏「長卿」指漢代的司馬相如，患有消渴病，也就是糖尿病。杜甫同樣患有糖尿病，他甚至在〈湘江宴餞裴二端公赴道州〉（大曆四年〔七六九〕）一詩中自稱「病渴老」。此處他以「長卿病」自指。在其晚年的詩作中他多次提到自己的糖尿病，這相當於今天的詩人反覆在詩裏說自己有腰肌勞損或者什麼別的病！「原憲」就是子思，窮而不改其操。後兩句用《莊子‧外物》典：「莊周家貧，故往貸粟於監河侯……周忿然作色曰：『周昨來，有中道而呼者，周顧視車轍，中有

鮒魚焉。周問之曰：『鮒魚來，子何為者耶？』對曰：『我東海之波臣也。君豈有斗升之水而活我哉！』」

　　代宗永泰元年（七六五），五十三歲的杜甫説自己是「飄飄何所似，天地一沙鷗」（〈旅夜書懷〉）。去世前一年，大曆四年（七六九），五十七歲的他在〈江漢〉這首詩中自謂「江漢思歸客，乾坤一腐儒。」雖然有人幫助過他，但他內心裏是非常孤獨的。與〈江漢〉寫在同一年的〈南征〉詩中有句曰：「百年歌自苦，未見有知音」。杜甫一生的朋友其實都是很高大上的：李邕、李白、高適、岑參、裴迪、元結，李賀的父親李晉肅（杜甫與李晉肅有遠親關係，也就是與李賀有遠親關係！），打過交道的還有王維、顏真卿等。杜甫也與一羣畫家交好，包括被玄宗皇帝稱讚為「詩書畫三絕」的鄭虔、韋應物的叔父韋偃、曹操的後代曹霸等。韋偃還曾在成都杜甫草堂的牆上畫過畫。這都是赫赫有名、彪炳千秋的詩人、藝術家。所以杜甫的朋友圈按説是很豪華的，儘管他自己的官不大。杜甫在晚年應

該已有較大的詩名，在大曆四年（七六九）〈酬郭十五
判官受〉一詩中他自謂：「才微歲晚尚虛名」。可是在
這樣的情況下，杜甫還是覺得「百年歌自苦，未見有知
音」，從這裏可以看出他晚年的精神面貌。

　　大曆五年（七七零），去世之前，杜甫在〈風疾舟
中伏枕書懷三十六韻奉呈湖南親友〉一詩中，令人驚訝
地提到了一系列的古人：軒轅黃帝、虞舜、馬融、王
璨、辛毗、揚雄、劉歆（劉棻）、庾信、陳琳、潘岳、
蘇秦、張儀、公孫述、侯景、葛洪、許靖等等。杜甫
提到他們，一方面是在用典，而另一方面，我們也可
以感受到他彷彿是被歷代人物的身影圍裹着，而他自
己，這個孤老頭，即將成為這重重身影的一部分，彷
彿一個人越孤獨，他身邊影影綽綽的人物就越多。這
種寫法，在今天是不可能出現的，不被允許出現的。
你若在今天在詩中搬用太多的知識、典故，你就是在
用你的精英意識侮辱大眾。

大家都知道杜甫有一首詩叫〈江南逢李龜年〉:「岐王宅裏尋常見,崔九堂前幾度聞。正是江南好風景,落花時節又逢君。」這首詩是杜甫在大曆五年五十八歲時寫的,是杜甫臨去世的那一年。如果不把杜甫的年紀、精神處境、身體狀況和這首詩聯繫到一起,我們就會把它當成一首尋常的、但寫得很好的重逢詩來看待而已。事實上,「落花時節又逢君」的時候,已經是杜甫生命的結尾期了。一旦我們了解了背景,就會知道晚年的杜甫其實是那麼孤獨,在「未見有知音」的情況下遇到一位老朋友,於是寫下這麼一首詩。

衰朽的肉體形象

視覺上,今天我們熟悉的杜甫的長相,是畫家蔣兆和畫的。瘦削的、飽經風霜的杜甫皺着眉頭迎風坐在一塊岩石上。這幅畫的模特其實是畫家蔣兆和自己。前幾年網絡上出現過很多「杜甫很忙」的惡作劇圖像,那其實不是「杜甫很忙」,而是「蔣兆和很忙」——

沒文化連搞惡作劇都找不準對象！那麼晚年的杜甫究竟是什麼樣呢？熟讀杜詩的人肯定會注意到，在〈春望〉這首詩裏，杜甫寫道，「白頭搔更短，渾欲不勝簪」。這首詩寫在肅宗至德二年即七五七年春，杜甫才四十五歲——四十五歲都「渾欲不勝簪」了。杜甫還有一組詩叫〈乾元中寓居同谷縣作歌七首〉（肅宗乾元二年〔七五九〕，四十七歲），裏面有一句，「有客有客字子美，白頭亂髮垂過耳」，古人把頭髮都往上盤，他是垂過耳，很狼狽的樣子。在〈復陰〉這首詩裏，他說：「君不見夔子之國杜陵翁，牙齒半落左耳聾」——牙已經掉得差不多了，左耳聾，聽不見了。這首詩沒有明確的紀年，有人把它繫於大曆二年，也就是七六七年，杜甫五十五歲。這一年杜甫寫有一首詩直接就叫〈耳聾〉，詩中說：「眼復幾時暗？耳從前月聾。」看來他是耳聾在大曆二年深秋。從代宗大曆元年（七六六），五十四歲的杜甫開始寓居夔州。之後他寫下偉大的詩篇〈秋興八首〉。在耳聾之前。杜甫一

直多病，主要是糖尿病，開始於廣德二年（七六四），時五十二歲，他在作於大曆二年（七六七）的那首被元稹稱為「鋪陳始終，排比聲律，大或千言」的長詩〈秋日夔府詠懷奉寄鄭監審李賓客之芳一百韻〉中提到：「飄零仍百里，消渴已三年。」杜甫的肺也有問題（廣德二年〔七六四〕，〈別唐十五誡因寄禮部賈侍郎〉：「病肺臥江沱」；大曆二年〔七六七〕，〈秋峽〉：「肺氣久衰翁」），這些疾病使他「衰顏更覓藜牀坐，緩步仍須竹杖扶。」（〈寒雨朝行視園樹〉，大曆二年〔七六七〕）可就是這樣，他還隨身佩戴着作為檢校工部員外郎蒙皇上賞賜的緋魚袋（內盛魚符，上刻官職、姓名）：「莫看江總老，猶被賞時魚。」（〈復愁十二首·其十二〉，大曆二年）這一年他寫下〈登高〉：「風急天高猿嘯哀」。他的〈清明二首〉，寫在大曆四年（七六九），他五十七歲，去世前一年。他在〈其二〉中自謂：「此身漂泊苦西東，右臂偏枯半耳聾。寂寂繫舟雙下淚，悠悠伏枕左書空。」就是已經半身不遂了，右胳膊抬不起來了，

只能伏在枕上，抬起左手在空中寫劃。他的左耳還是**聾**的，牙也掉了很多，頭髮幾乎也沒了，剩下的就是白髮。這時杜甫一家居無定所，住在船上，真是很淒慘——我們民族最偉大的詩人！這是晚年杜甫的身體情況，也是他肉體的形象。

哭泣的杜甫

這樣的身體情況，與殘酷的國家戰亂疊合起來，導致杜甫一天到晚忙活一件事，就是哭。至德二年（七五七），杜甫四十五歲。那時他被叛軍抓住，被禁在長安，但還有點自由，能在城中溜達。他在春天來到曲江池邊，寫下非常有名的一首詩叫〈哀江頭〉。他說：「少陵野老吞聲哭，春日潛行曲江曲。」「少陵野老吞聲哭」的時候實際上杜甫只有四十五歲，他就把自己叫「野老」。古人好像一過四十歲就覺得自己老了。杜甫在四十四歲的時候，天寶十五年（七五六），寫過一首詩〈送率府程錄事還鄉〉，詩是這樣開頭的：「鄙夫行

衰謝，抱病昏忘集。常時往還人，記一不識十。」那時
候安史之亂剛開始不久。

　　後來他遭遇顛簸，到處亂跑，於代宗廣德元年即
七六三年寫下〈天邊行〉。他說「天邊老人歸未得，日
暮東臨大江哭。」在江邊上，一個人就在那兒哭。廣德
二年（七六四）秋〈過故斛斯校書莊二首・其二〉：「素交
零落盡，白首淚雙垂。」大曆元年（七六六）〈寄杜位〉：
「封書兩行淚，霑灑裛新詩。」大曆二年（七六七）〈社
日兩篇・其二〉：「歡娛看絕塞，涕淚落秋風。」同一年
的〈又呈吳郎〉：「已訴徵求貧到骨，正思戎馬淚沾巾。」
不僅杜甫哭，連猴子也跟着人哭。同年〈九日四首・其
二〉：「殊方日落玄猿哭」。同一組詩〈其四〉：「繫舟身萬
里，伏枕淚雙痕。」同一年〈秋日夔府詠懷奉寄鄭監審
李賓客之芳一百韻〉：「別離憂怛怛，伏臘涕漣漣。」大
曆三年（七六八）〈元日示宗武〉：「不見江東弟，高歌淚
數行。」大曆五年，杜甫五十八歲，快要去世的時候，
他在〈逃難〉一詩中寫道：「歸路從此迷，涕盡湘江岸。」

同年，他還在〈暮秋將歸秦留別湖南幕府親友〉詩中說：
「途窮那免哭，身老不禁愁。」在顛沛流離、流離失所的
情況下，怎麼可能不哭呢？「身老不禁愁」，讓我們對杜
甫當時的處境有了更深的體會。

　　有兩個問題值得注意，甚至值得深入討論，我在
此只是略微提及：第一，杜甫雖然總是淚流滿面，但
他的寫作卻沒有因此而指向所謂的浪漫主義，更具體
地說，他不是感傷的抒情詩人。第二，杜甫的寫作雖
然帶有強烈的自傳色彩，作品中有明確的言說主體，
但與此同時，他的這些作品又是非個人的。——這是
怎麼回事？

　　還有一點需要提到：杜甫雖遭逢戰亂，並且心盼
朝綱重振，不吝讚美平叛討賊的將軍士兵，這被認為
是「愛國主義」，但他自己好像不曾做出過「國家興亡，
匹夫有責」的英雄主義行動。大曆元年（七六六），杜甫
在〈宿江邊閣〉詩的最後寫道：「不眠憂戰伐，無力正乾
坤。」大曆四年（七六九）〈野望〉：「扁舟空老去，無補

聖明朝。」大曆五年（七七零），在〈舟中苦熱遣懷奉呈陽中丞通簡台省諸公〉一詩中，杜甫寫道：「吾非丈夫特，沒齒埋冰炭。恥以風病辭，胡然泊湘岸。」同年，在〈迴棹〉這首詩中，他自謂：「宿昔試安命，自私猶畏天。」杜甫對時局的「無力」感很明顯。他不是顏真卿、顏杲卿那樣的英雄。但哭、眼淚、自傷、絮叨、悲天憫人，那是杜甫的。

四、杜甫的現實感

今天我們說杜甫是「現實主義者」。現實主義的概念雖然來自西方，但又是經過了蘇聯的轉手。所以我們一說到現實主義就是批判現實主義。我們很多外來的文學史概念都不是直接來自西方，而是二手貨，經過了轉手。比如浪漫主義也經過了蘇聯的轉手。高爾基對西方文學的解讀，把浪漫主義解讀成消極浪漫主義和積極浪漫主義兩個陣營。所謂積極浪漫主義就是

進步的、傾向於革命的浪漫主義。所以今天我們說起浪漫主義詩人，腦子裏蹦出來的往往首先是俄國的普希金（Alexander Pushkin）、英國的雪萊（Percy Shelley）和拜倫（Lord Byron），而不會是英國的華茲華斯、柯勒律治（Samuel Coleridge）、騷塞（Robert Southey）、法國的夏多布里昂（François-René de Chateaubriand）、拉馬丁（Alphonse de Lamartine），因為這些詩人被高爾基歸入了消極浪漫主義陣營。

在中國，我們接受的更多的是積極浪漫主義一派。說起李白是「浪漫主義」，就強調他「安能摧眉折腰事權貴，使我不得開心顏」的這一面 —— 這表明了他對於唐朝權貴的反抗。但與此同時，我們可能忘了李白還有「仰天大笑出門去，我輩豈是蓬蒿人」的一面，那時候皇上召他入宮，他非常高興。—— 只強調李白反抗的、不同流合污的那一面，是不夠的。同樣，只強調杜甫是現實主義詩人也是不夠的。如今，我們已經獲得了各種文學批評的方法，這時候我們看古代文

學，就應該不囿於既有觀念，而進入到更多的歷史細節，進入歷史的此時此刻。

那麼要談論杜甫的此時此刻就不得不看一看安史之亂究竟死了多少人？唐朝的人口峯值是安史之亂之前的七五四年，正逢盛世，中國人口達到五千三百萬或者還多一些。安史之亂大概持續了七年（七五五—七六二年），等到大局基本安定下來朝廷重新統計人口，發現人口至少減少了一半。死了那麼多人，這不是簡簡單單說哪個詩人是浪漫主義者或者是現實主義者就能對付得了的。多少人的去世才把杜甫推到現實主義的位置上？所以討論杜甫的現實主義，一定要將杜甫的詩歌和當時死亡的人數掛鈎。

「野曠天清無戰聲，四萬義軍同日死。」（〈悲陳陶〉，至德元年〔七五六〕）唐軍四萬人嘩啦就沒了。廣德二年（七六四），他寫過一首詩叫〈釋悶〉：「豺狼塞路人斷絕，烽火照夜屍縱橫。」烽火照着夜晚，死屍狼藉，這不是杜甫的想像，一定是他見到的情況。永泰

元年（七六五），杜甫寫過〈三絕句〉，其中第二首寫得
至慘：「二十一家同入蜀，唯殘一人出駱谷。自說二
女嚙臂時，回頭卻向秦雲哭。」二十一家人一起逃難
進入蜀地，只有一個人出了駱谷，其他全死掉了。這
人遇到杜甫，訴說起自己的逃難經歷。「自說二女嚙
臂時」，嚙臂就是咬自己手臂咬到出血，古人如果知
道這是生離死別，就要「嚙臂而別」。想起這些慘痛的
經歷，講述人面向着秦地的雲彩，號啕大哭。這些東
西杜甫全都碰上了，這構成了他強烈的現實感。大曆
元年秋（七六六），杜甫在〈驅豎子摘蒼耳〉這首詩裏說
到：「富家廚肉臭，戰地骸骨白。」大曆元年他還寫過
一首詩叫做〈白帝〉：「戎馬不如歸馬逸，千家今有百家
存。」——基本上活人只剩下十分之一了。大曆四年
（七六九）他在〈北風〉這首詩中說：「十年殺氣盛，六
合人煙稀。」大曆五年（七七零），杜甫的最後一年，
其《白馬》詩句：「喪亂死多門，嗚呼淚如霰。」從杜甫
的詩裏我們可以感覺到一個最醒目的話題，就是戰亂

流徙中死了多少人。與唐朝其他詩人相比，杜甫直面了這些東西，所謂「即事名篇」，其他人少有做到。所以杜甫孤零零地成為了大詩人。——當然他成為大詩人也是因為他「晚節漸於詩律細」（〈遣悶戲呈路十九曹長〉）——而這一點又是他迎着戰亂，在逃亡、饑餓、孤獨和漂泊中面向死亡，而做到的。

　　杜甫在那樣一種戰亂的情況下，遇到那麼多的艱辛、別離、饑餓（〈彭衙行〉「癡女饑咬我」）、疾病、死亡，可以說他被激發成一位如此獨到的詩人。如果我們只是討論杜甫的現實主義，而不能把現實主義討論到杜甫的此時此地、此時此刻這個點上，討論到杜甫本人的現實感這個點上，我們實際上還不能切身感覺到杜甫詩歌的力量，我們讀杜甫詩歌的時候就不會起雞皮疙瘩。

　　杜甫有很多詩句寫到動物。如果不囿於「比興」的概念，我們也許會看到更多的東西。他寫到：

猛虎立我前，蒼崖吼時裂。（〈北征〉，至德二年〔七五七〕）

熊羆哮我東，虎豹號我西。我後鬼長嘯，我前狨又啼。（〈石龕〉，乾元二年〔七五九〕）

黃蒿古城雲不開，白狐跳梁黃狐立。（〈乾元中寓居同谷縣作歌七首〉，乾元二年〔七五九〕）

洪濤滔天風拔木，前飛禿鶖後鴻鵠。（〈天邊行〉，廣德元年〔七六三〕）

前有毒蛇後猛虎，溪行盡日無村塢。（〈發閬中〉，廣德元年〔七六三〕）

泉源泠泠雜猿狄，泥濘漠漠饑鴻鵠。（〈久雨期王將軍不至〉，大曆二年〔七六七〕）

猛虎臥在岸，蛟螭出無痕。（〈別李義〉，大曆二年〔七六七〕）

熊羆咆空林，游子慎馳騖。（〈送高司直尋封閬州〉，大曆二年〔七六七〕）

空荒抱熊羆，乳獸待人肉。（〈課伐木〉，大曆二年〔七六七〕）

虎之餓，下巉巖；蛟之橫，出清泚。（〈寄狄明府博濟〉，大曆二年〔七六七〕）

風號聞虎豹，水宿伴鳧鷖。（〈水宿遣興奉呈羣公〉，大曆三年〔七六八〕）

入邑豺狼鬬，傷弓鳥雀饑。（〈移居公安敬贈衛大郎鈞〉，大曆三年〔七六八〕）

狐貍何足道，豺狼正縱橫。（〈久客〉，大曆三年〔七六八〕）

舟中無日不塵沙，岸上空村盡豺虎。（《發劉郎浦》，大曆三年〔七六八〕）

　　看來杜甫對於險境，對於野獸這些東西有着特別的敏感。我相信有的時候是他見到了這些東西，有的時候可能是心裏見到了。這讓我聯想到但丁〈神曲〉的開篇：「在人生的中途，我迷失於一片幽暗的

森林。」之後但丁寫到，他遇到豹子、獅子和母狼。這裏但丁當然有其象徵含義。而杜甫在他寫到野獸的時候，難道僅僅是描寫嗎？我斗膽猜測一下，杜甫在唐代就已經摸索到了十三世紀末十四世紀初的但丁，以及十九世紀中後期的法國才有的象徵主義的寫法。杜甫不光是寫動物。他有一首詩叫做〈佳人〉（乾元二年〔七五九〕），山谷裏遇到一個被拋棄的婦女，我覺得那完全是象徵主義的寫法。他還有一首詩叫〈瘦馬行〉（乾元元年〔七五八〕），寫的是他看見一匹瘦馬。雖然寫的是馬，但實際上寫的是他自己和那個時代。如果拿這首詩與俄國當代詩人布羅茨基（Joseph Brodsky）的〈黑馬〉做一個比較，一定很有意思。類似的詩還有一首〈義鶻行〉（乾元元年〔七五八〕）一首〈呀鶻行〉（大曆三年〔七六八〕），後者寫一隻醜鳥（「病鶻孤飛俗眼醜」），一般少被提及。還有一首〈客從〉（大曆四年〔七六九〕），寓言的寫法，很奇怪，不是杜甫的一般風格：

客從南溟來，遺我泉客珠。

珠中有隱字，欲辨不成書。

緘之篋笥久，以俟公家須。

開視化為血，哀今徵斂無！

像這類作品過去一直被當作現實主義詩歌。我建議把它們的文學意義再放大些。

五、杜甫的時空感

在《唐詩的讀法》裏我特別強調回到唐詩的現場，切身感受唐代詩人的寫作觀念。杜甫的詩歌處理的是他的此時此刻和此地。但他所有的此時此刻，又跟百年之前或者百年之後勾連在一起，他喜歡以「百年」作為時間跨度（「百年多病獨登台」）。而他的此地此景，又常跟千里之外、萬里之外勾連在一起。所以說，杜甫的時空感是非常複雜的。

　　我在《唐詩的讀法》中提到他的詩歌中包含了三種時間：一種是自然時間，一種是個人時間，一種是歷史時間。此時此刻的有血有肉的個人時間，與四季輪迴的自然時間，每個詩人都有。但杜甫的歷史時間感（其空間感也一樣），在其他詩人身上是很少見的。我們發現杜甫經常會使用到一個字，「萬」。比如「萬里悲秋常作客」。這個字（詞）在西方語言裏沒有，西方語言一萬就是 ten thousand（十千）。即使是一個數詞，也能說明中西思維方式的不同。我們看問題的單位是萬，人家看問題的單位可能是千。這是個有趣的現象。

　　杜甫的時空感，是以蒼茫的「萬」字為基本單位的：

我生何為在窮谷，中夜起坐萬感集。（〈乾元中寓居同谷縣作歌七首〉）

窗含西嶺千秋雪，門泊東吳萬里船。（〈絕句四首・其三〉）

楚天不斷四時雨，巫峽常吹萬里風。（〈暮春〉）

尤工遠勢古莫比，咫尺應須論萬里。（〈戲題王宰畫
山水圖歌〉）

萬里悲秋常作客，百年多病獨登台。（〈登高〉）

萬里魚龍伏，三更鳥獸呼。（〈北風〉）

萬里衡陽雁，今年又北歸。（〈歸雁二首·其一〉）

乾坤萬里內，莫見容身畔。（〈逃難〉）

九秋驚雁序，萬里狎漁翁。（〈天池〉）

黃四娘家花滿蹊，千朵萬朵壓枝低。（〈江畔獨步尋
花七絕句·其六〉）

着處繁華矜是日，長沙千人萬人出。（〈清明〉）

兵戈不見老萊衣，嘆息人間萬事非。（〈送韓十四江
東省觀〉）

百年從萬事，故國耿難忘。（〈遣悶〉）

萬事干戈裏，空悲清夜徂。（〈倦夜〉）

新松恨不高千尺，惡竹應須斬萬竿。（〈將赴成都草
堂途中有作先寄嚴鄭公五首·選一〉）

花近高樓傷客心，萬方多難此登臨。（〈登樓〉）

羣山萬壑赴荊門，生長明妃尚有村。（〈詠懷古跡五首·其三〉）

萬姓悲赤子，兩宮棄紫微。（〈詠懷二首·其一〉）

萬姓瘡痍合，羣兇嗜欲肥。（〈送盧十四弟侍御護韋尚書靈櫬歸上都二十四韻〉）

萬古一骸骨，鄰家遞歌哭。（〈寫懷二首·其一〉）

江濤萬古峽，肺氣久衰翁。（〈秋峽〉）

誰憐一片影？相失萬重雲。（〈孤雁〉）

三年笛裏關山月，萬國兵前草木風。（〈洗兵行〉）

十年戎馬暗萬國，異域賓客老孤城。（〈愁〉）

百年同棄物，萬國盡窮途。（〈舟中出江陵南浦奉寄鄭少尹審〉）

提封漢天下，萬國尚同心。（〈提封〉）

萬國城頭吹畫角，此曲哀怨何時終？（〈歲晏行〉）

天下郡國向萬城，無有一城無甲兵。（〈蠶谷行〉）

萬象皆春氣，孤槎自客星。（〈宿白沙驛〉）

　　這是我從杜甫的詩裏找出來的一些跟「萬」字有關的詩句。還有很多，甚至太多了。這樣的大尺度時空與李白的「白髮三千丈」、「飛流直下三千尺」、「天台四萬八千丈」算是旗鼓相當了。這樣大規模地使用「萬」字，在現代漢語的寫作中恐怕是不行的。但我們於此可以感覺到杜甫的時空感。又是此時、此刻、此地，又是極其廣闊，無邊無際。這也就是有限和無限的交融，是其此時此地和古往今來、天下萬國之間的關係。所以，只強調杜甫的此時此地、他的現實感，還不足以討論杜甫，必須是把這兩個因素結合在一起。杜甫為什麼是集大成者？為什麼高於別的詩人？就是因為他的詩裏充滿了辯證法，陰和陽的辯證法、古往和今來的辯證法、此地和萬里之外的辯證法，還有言志和載道的辯證法。等等。

　　討論杜甫的平仄，討論杜甫的用韻，討論杜甫的語詞、用典、對仗、拗體、雄渾、巧妙、省儉、鋪排，那只是欣賞型的閱讀。這種閱讀當然是必要的，

但我不滿足於這樣來讀古詩。我希望我們讀詩的時候，能回到那個時代，能起一身雞皮疙瘩。這時候，我們就不是在「欣賞」杜甫這樣一位偉大的詩人，而是在「體驗」一位偉大的詩人。

六、杜甫的趣味

杜甫作為一位偉大的詩人，他的藝術趣味究竟如何？這從他跟視覺藝術的關係就能感受出來。有人說《嚴公九日南山詩》是杜甫唯一存世字跡，在四川的一個石窟裏發現的，上面寫着「乾元二年杜甫書」。但究竟這是不是杜甫的文字書寫我不敢打包票。啓功先生判斷這是宋人的仿造。如果是宋人的仿造，那仿造者有所本嗎？那個碑的形制——中間有一個窟窿——應該是古制。類似的形制在漢代較常見，例如東漢《袁安碑》。《嚴公九日南山詩》的字形偏瘦，我猜應該接近於杜甫的書寫風格。杜甫曾經稱讚過薛稷的書法，

而薛稷《信行禪師碑》是偏瘦的初唐書風。杜甫也喜歡褚遂良的書法:「褚公書絕倫」(《發潭州》,大曆四年〔七六九〕)。再看為杜甫所讚慕的李邕的書法,也是偏瘦。見其《雲麾將軍碑》。杜甫在大曆元年(七六六)年為其外甥李潮作《李潮八分小篆歌》曰:「嶧山之碑野火焚,棗木傳刻肥失真。苦縣光和(東漢光和年間立於苦縣的老子碑碑文書法)尚骨立,書貴瘦硬方通神。」——有趣的問題來了:他喜歡顏真卿的字嗎?顏真卿審訊過杜甫,在杜甫因疏救房琯而得罪了肅宗皇帝以後。

　　杜甫的藝術趣味看來偏瘦。玄宗開元二十九年(七四一),正值三十歲的杜甫寫有一首詩叫〈房兵曹胡馬〉,「胡馬大宛名,鋒稜瘦骨成。」杜甫從年輕時代就對瘦馬感興趣。他後來寫〈瘦馬行〉,看來「詩」出有因,他對瘦馬很有感覺。

　　杜甫在寓居成都時曾經給三國高貴鄉公曹髦的後代,也就是曹操的後代、畫家曹霸寫過一首中國美術史

繞不過去的詩〈丹青引贈曹將軍霸〉。詩中說：「弟子韓幹早入室，亦能畫馬窮殊相。幹惟畫肉不畫骨，忍使驊騮氣凋喪。」韓幹是唐代畫馬高手，早年從曹霸學過畫。他的畫跡或者畫跡摹本現在還能看到。從現藏於紐約大都會博物館的《韓幹照夜白》和現藏於台北故宮博物院的《韓幹牧馬圖》來看，韓幹的馬畫得的確肥壯，馬屁股渾圓。這是杜甫不喜歡的。他認為這樣的馬沒畫出骨頭，也就失去了「氣」。再聯想到杜甫說「五陵衣馬自輕肥」（〈秋興八首〉）的「肥馬」，我們對杜甫的好惡、價值判斷、審美趣味就很清楚了。

七、結語

現在，我們慢慢建立起杜甫的形象了。從他「天地一沙鷗」的精神狀態，到他衰朽的外貌，從他目睹生靈塗炭的現實感，到他有限與無限相結合的時空觀，以及他偏瘦的美學趣味，我們大概就知道了杜甫這個

沒能活到六十歲的「老頭」長什麼樣子了：這是一個看上去悲苦的形象。當然，杜甫也有他稍微高興的時候。他也寫過有意思的詩，像〈縛雞行〉、〈驅豎子摘蒼耳〉，都寫得比較爛漫。

我前面提到過的雷克思洛斯，翻譯過中國很多古詩，也翻譯過李清照的詩。他對杜甫有一個看法我覺得特別好，我用它來結束今天跟大家的談話。雷克思洛斯認為杜甫所關心的，是人跟人之間的愛，人跟人之間的寬容和同情，他說：「我的詩歌毫無疑問地主要受到杜甫的影響。我認為他是有史以來在史詩和戲劇以外的領域裏最偉大的詩人，在某些方面他甚至超過了莎士比亞和荷馬，至少他更加自然和親切」。非常崇高的評價，這樣崇高的詩人值得我們想盡一切辦法向他靠近。在靠近的努力當中，當代通行的很多關於杜甫的陳詞濫調就被打碎了。

（講座現場提問環節）

提問：西川老師您好，我了解到您之前一直偏西方的趣味，是什麼契機讓您對杜甫或者唐詩充滿了興趣？您覺得杜甫對於當下詩歌愛好者來說，最大的教義是什麼？

西川：我從小喜歡中國古代文學，還有中國古代的藝術和繪畫。八零年代正好趕上啓蒙，我也就讀了很多的外國書，但我對於中國古代的東西從來沒有放掉過，只不過很少跟別人展示這一面。別人總要求我說說龐德（Ezra Pound），說說波赫士，說說米沃什（Czeslaw Milosz）——因為我翻譯了這些人的詩。但沒有人給我機會說說中國古代文化。我曾經很長時間在中央美院教書，我給本科生上的一門課就是中國古代文學，我一直都沒有撒過手。中國古代文化我一直都

感興趣，不光是詩，包括中國古代繪畫我也感興趣，我搜集了大量的美術圖片。

杜甫這樣的詩人對於今天的意義，在於杜甫曾經達到的高度。中國當代的古體詩不是真正的古體詩，真正古體詩的文化背景是「經史子集」。寫詩的古人，見面不一定談詩，而是會討論「經史子集」。現在很少有人有這個本領。唐朝的文化、唐朝的詩歌就擺在這兒，對於今天的寫作者來講，高度就在那兒。不論我們是寫新詩還是寫古體詩，就這一行古詩懸在這兒 ——「關塞極天唯鳥道」。它是一個坐標，非常重要的坐標，讓我們知道我們的寫作到了哪個程度。

提問：在這個泥沙俱下的時代，現在的知識分子，還配不配成為精英，走向崇高？

西川：我們知道社會和時代是泥沙俱下的，有些人有潔癖，受不了泥沙俱下，就躲進小樓成一統。

有些人沒有那麼大的潔癖，我看着泥沙俱下就覺得很好，對我來講，這都可以構成創造力的一部分。所有的髒亂差（編注：指環境骯髒、雜亂）對我來説都是文學藝術滋養，我自己朝着髒亂差敞開，我覺得有趣，好玩。杜甫也不是一個關着門寫詩或者在象牙塔裏寫詩的詩人。如果我們就決定做象牙塔裏的詩人，也未嘗不可。我的建議是把象牙塔裏的寫作推向極端，不然沒有力量。比如説我是喜歡乾淨的人，乾淨作為寫作風格是不夠的，一定要把乾淨發展到潔癖，這時候從文學上講才有意義。可以向時代敞開，也可以不向時代敞開，但你不向時代敞開的時候，一定要把你個人的風格推向不可重覆的狀態。

　　提問：與杜甫同時代的其他詩人，比如説王維或者李白，他們也都處在安史之亂的節點上，為什麼卻沒有像杜甫那樣能抓住這個情景下民眾的生活？

西川：很多人都沒有寫安史之亂，有好多原因。有的人忙着領兵打仗顧不上，比如高適。有些人是寫不了，過去處理風花雪月的那套語言處理不了安史之亂。只有杜甫這種每個汗毛孔都向着時代張開的人，可以處理安史之亂。由於安史之亂，杜甫發明了一套新的寫法，這是非常了不起的。我在《唐詩的讀法》中強調了杜甫的「當代性」。其實，不一定非得遇到安史之亂詩人才能寫出偉大的詩歌。哪怕是生活當中的一件小事，你不迴避它，而是面對它，你寫詩的第一步就成了。杜甫就做到了這一點。處理時代問題的第一步是觸及時代，在日常生活中觸及。

安史之亂以來，唯一一個面對大變局的就是杜甫，李白寫過一點，但不是主要的，高適也不寫，他們的創造力已經不向這樣的大變局敞開了。這時候就可以見出杜甫的難能可貴。很多古代文學到今天已經純粹變成了修辭，但在杜甫的詩裏，文學現場的有效

性到今天依然存在。所以杜甫的詩歌有超越修辭的一面。這是杜甫詩歌的生命力到今天依然還在的原因。

二零一八年六月六日至七月十七日

本書所涉部分唐代詩篇

張若虛
春江花月夜

春江潮水連海平，海上明月共潮生。
灩灩隨波千萬里，何處春江無月明！
江流宛轉繞芳甸，月照花林皆似霰；
空裏流霜不覺飛，汀上白沙看不見。
江天一色無纖塵，皎皎空中孤月輪。
江畔何人初見月？江月何年初照人？
人生代代無窮已，江月年年只相似。
不知江月待何人，但見長江送流水。
白雲一片去悠悠，青楓浦上不勝愁。
誰家今夜扁舟子？何處相思明月樓？
可憐樓上月徘徊，應照離人妝鏡臺。
玉戶簾中卷不去，擣衣砧上拂還來。
此時相望不相聞，願逐月華流照君。
鴻雁長飛光不度，魚龍潛躍水成文。
昨夜閑潭夢落花，可憐春半不還家。
江水流春去欲盡，江潭落月復西斜。
斜月沉沉藏海霧，碣石瀟湘無限路。
不知乘月幾人歸，落月搖情滿江樹。

代答閨夢還

關塞年華早，樓臺別望違。
試衫着暖氣，開鏡覓春暉。
燕入窺羅幕，蜂來上畫衣。
情催桃李艷，心寄管弦飛。
妝洗朝相待，風花暝不歸。
夢魂何處入，寂寂掩重扉。

◎

王維
桃源行

漁舟逐水愛山春，兩岸桃花夾古津。
坐看紅樹不知遠，行盡青溪不見人。
山口潛行始隈隩，山開曠望旋平陸。
遙看一處攢雲樹，近入千家散花竹。
樵客初傳漢姓名，居人未改秦衣服。
居人共住武陵源，還從物外起田園。
月明松下房櫳靜，日出雲中雞犬喧。

驚聞俗客爭來集，競引還家問都邑。
平明閭巷掃花開，薄暮漁樵乘水入。
初因避地去人間，及至成仙遂不還。
峽裏誰知有人事，世中遙望空雲山。
不疑靈境難聞見，塵心未盡思鄉縣。
出洞無論隔山水，辭家終擬長遊衍。
自謂經過舊不迷，安知峯壑今來變。
當時只記入山深，青溪幾度到雲林。
春來遍是桃花水，不辨仙源何處尋。

◎
李白
古風（其一）

大雅久不作，吾衰竟誰陳？
王風委蔓草，戰國多荊榛。
龍虎相啖食，兵戈逮狂秦。
正聲何微茫，哀怨起騷人。
揚馬激頹波，開流蕩無垠。
廢興雖萬變，憲章亦已淪。

自從建安來，綺麗不足珍。
聖代復元古，垂衣貴清真。
羣才屬休明，乘運共躍鱗。
文質相炳煥，眾星羅秋旻。
我志在刪述，垂輝映千春。
希聖如有立，絕筆於獲麟。

答王十二寒夜獨酌有懷

昨夜吳中雪，子猷佳興發。
萬里浮雲卷碧山，青天中道流孤月。
孤月滄浪河漢清，北斗錯落長庚明。
懷余對酒夜霜白，玉牀金井冰崢嶸。
人生飄忽百年內，且須酣暢萬古情。
君不能狸膏金距學鬥雞，坐令鼻息吹虹霓。
君不能學哥舒，橫行青海夜帶刀，西屠石堡取紫袍。
吟詩作賦北窗裏，萬言不直一杯水。
世人聞此皆掉頭，有如東風射馬耳。
魚目亦笑我，謂與明月同。
騄驥拳跼不能食，寒驢得志鳴春風。

折楊黃華合流俗，晉君聽琴枉清角。
巴人誰肯和陽春，楚地猶來賤奇璞。
黃金散盡交不成，白首為儒身被輕。
一談一笑失顏色，蒼蠅貝錦喧謗聲。
曾參豈是殺人者？讒言三及慈母驚。
與君論心握君手，榮辱於余亦何有？
孔聖猶聞傷鳳麟，董龍更是何雞狗！
一生傲岸苦不諧，恩疏媒勞志多乖。
嚴陵高揖漢天子，何必長劍拄頤事玉階。
達亦不足貴，窮亦不足悲。
韓信羞將絳灌比，禰衡恥逐屠沽兒。
君不見李北海，英風豪氣今何在！
君不見裴尚書，土墳三尺蒿棘居！
少年早欲五湖去，見此彌將鐘鼎疏。

蜀道難

噫吁嚱，危乎高哉！
蜀道之難，難於上青天。
蠶叢及魚鳧，開國何茫然。

爾來四萬八千歲，不與秦塞通人煙。
西當太白有鳥道，可以橫絕峨眉巔。
地崩山摧壯士死，然後天梯石棧相鉤連。
上有六龍回日之高標，下有衝波逆折之回川。
黃鶴之飛尚不得過，猿猱欲度愁攀緣。
青泥何盤盤，百步九折縈巖巒。
捫參歷井仰脅息，以手撫膺坐長嘆。
問君西遊何時還，畏途巉巖不可攀。
但見悲鳥號古木，雄飛雌從繞林間。
又聞子規啼夜月，愁空山。
蜀道之難，難於上青天，使人聽此凋朱顏。
連峯去天不盈尺，枯松倒掛倚絕壁。
飛湍瀑流爭喧豗，砯崖轉石萬壑雷。
其險也若此，嗟爾遠道之人胡為乎來哉。
劍閣崢嶸而崔嵬，一夫當關，萬夫莫開。
所守或匪親，化為狼與豺。
朝避猛虎，夕避長蛇。
磨牙吮血，殺人如麻。
錦城雖云樂，不如早還家。
蜀道之難，難於上青天，側身西望長咨嗟。

夢遊天姥吟留別

海客談瀛洲，煙濤微茫信難求。

越人語天姥，雲霓明滅或可睹。

天姥連天向天橫，勢拔五嶽掩赤城。

天臺四萬八千丈，對此欲倒東南傾。

我欲因之夢吳越，一夜飛度鏡湖月。

湖月照我影，送我至剡溪。

謝公宿處今尚在，淥水蕩漾清猿啼。

腳著謝公屐，身登青雲梯。

半壁見海日，空中聞天雞。

千巖萬轉路不定，迷花倚石忽已暝。

熊咆龍吟殷巖泉，慄深林兮驚層巔。

雲青青兮欲雨，水澹澹兮生煙。

列缺霹靂，邱巒崩摧。

洞天石扉，訇然中開。

青冥浩蕩不見底，日月照耀金銀臺。

霓為衣兮風為馬，雲之君兮紛紛而來下。

虎鼓瑟兮鸞回車，仙之人兮列如麻。

忽魂悸以魄動，恍驚起而長嗟。

惟覺時之枕席，失向來之煙霞。

世間行樂亦如此，古來萬事東流水。

別君去兮何時還？且放白鹿青崖間。

須行即騎訪名山。

安能摧眉折腰事權貴，使我不得開心顏！

◎

杜甫
飲中八仙歌

知章騎馬似乘船，眼花落井水底眠。

汝陽三斗始朝天，道逢麴車口流涎，

恨不移封向酒泉。

左相日興費萬錢，飲如長鯨吸百川，

銜杯樂聖稱避賢。

宗之瀟灑美少年，舉觴白眼望青天，

皎如玉樹臨風前。

蘇晉長齋繡佛前，醉中往往愛逃禪。

李白一斗詩百篇，長安市上酒家眠。

天子呼來不上船，自稱臣是酒中仙。

張旭三杯草聖傳，脫帽露頂王公前，
揮毫落紙如雲煙。
焦遂五斗方卓然，高談雄辯驚四筵。

自京赴奉先縣詠懷五百字

杜陵有布衣，老大意轉拙。
許身一何愚？竊比稷與契。
居然成濩落，白首甘契闊。
蓋棺事則已，此志常覬豁。
窮年憂黎元，嘆息腸內熱。
取笑同學翁，浩歌彌激烈。
非無江海志，瀟灑送日月。
生逢堯舜君，不忍便永訣。
當今廊廟具，構廈豈云缺？
葵藿傾太陽，物性固莫奪。
顧惟螻蟻輩，但自求其穴。
胡為慕大鯨，輒擬偃溟渤？
以茲悟生理，獨恥事干謁。
兀兀遂至今，忍為塵埃沒。

終愧巢與由，未能易其節。
沉飲聊自遣，放歌頗愁絕。
歲暮百草零，疾風高岡裂。
天衢陰崢嶸，客子中夜發。
霜嚴衣帶斷，指直不得結。
凌晨過驪山，御榻在嵽嵲。
蚩尤塞寒空，蹴蹋崖谷滑。
瑤池氣鬱律，羽林相摩戛。
君臣留歡娛，樂動殷膠葛。
賜浴皆長纓，與宴非短褐。
彤庭所分帛，本自寒女出。
鞭撻其夫家，聚斂貢城闕。
聖人筐篚恩，實欲邦國活。
臣如忽至理，君豈棄此物？
多士盈朝廷，仁者宜戰慄。
況聞內金盤，盡在衛霍室。
中堂有神仙，煙霧蒙玉質。
暖客貂鼠裘，悲管逐清瑟。

勸客駝蹄羹，霜橙壓香橘。
朱門酒肉臭，路有凍死骨。
榮枯咫尺異，惆悵難再述。
北轅就涇渭，官渡又改轍。
群水從西下，極目高崒兀。
疑是崆峒來，恐觸天柱折。
河梁幸未坼，枝撐聲窸窣。
行旅相攀援，川廣不可越。
老妻寄異縣，十口隔風雪。
誰能久不顧？庶往共饑渴。
入門聞號咷，幼子餓已卒。
吾寧捨一哀，里巷亦嗚咽。
所愧為人父，無食致夭折。
豈知秋禾登，貧窶有倉卒。
生常免租稅，名不隸征伐。
撫跡猶酸辛，平人固騷屑。
默思失業徒，因念遠戍卒。
憂端齊終南，澒洞不可掇。

秋興八首

（一）

玉露凋傷楓樹林，巫山巫峽氣蕭森。
江間波浪兼天涌，塞上風雲接地陰。
叢菊兩開他日淚，孤舟一繫故園心。
寒衣處處催刀尺，白帝城高急暮砧。

（二）

夔府孤城落日斜，每依北斗望京華。
聽猿實下三聲淚，奉使虛隨八月槎。
畫省香爐違伏枕，山樓粉堞隱悲笳。
請看石上藤蘿月，已映洲前蘆荻花。

（三）

千家山郭靜朝暉，日日江樓坐翠微。
信宿漁人還汎汎，清秋燕子故飛飛。
匡衡抗疏功名薄，劉向傳經心事違。
同學少年多不賤，五陵衣馬自輕肥。

（四）

聞道長安似弈棋，百年世事不勝悲。

王侯第宅皆新主，文武衣冠異昔時。

直北關山金鼓振，征西車馬羽書馳。

魚龍寂寞秋江冷，故國平居有所思。

（五）

蓬萊宮闕對南山，承露金莖霄漢間。

西望瑤池降王母，東來紫氣滿函關。

雲移雉尾開宮扇，日繞龍鱗識聖顏。

一臥滄江驚歲晚，幾回青瑣點朝班。

（六）

瞿塘峽口曲江頭，萬里風煙接素秋。

花萼夾城通御氣，芙蓉小苑入邊愁。

珠簾繡柱圍黃鵠，錦纜牙檣起白鷗。

回首可憐歌舞地，秦中自古帝王州。

（七）

昆明池水漢時功，武帝旌旗在眼中。
織女機絲虛夜月，石鯨鱗甲動秋風。
波漂菰米沉雲黑，露冷蓮房墜粉紅。
關塞極天唯鳥道，江湖滿地一漁翁。

（八）

昆吾御宿自逶迤，紫閣峯陰入渼陂。
香稻啄餘鸚鵡粒，碧梧棲老鳳凰枝。
佳人拾翠春相問，仙侶同舟晚更移。
彩筆昔曾干氣象，白頭吟望苦低垂。

◎

白居易

早春西湖閒遊，悵然興懷，憶與微之同賞，因思在越官重事殷，鏡湖之遊或恐未暇，偶成十八韻寄微之

上馬復呼賓，湖邊景氣新。
管弦三數事，騎從十餘人。
立換登山屐，行攜漉酒巾。

逢花看當妓，遇草坐為茵。
西日籠黃柳，東風蕩白蘋。
小橋裝雁齒，輕浪鬶魚鱗。
畫舫牽徐轉，銀船酌慢巡。
野情遺世累，醉態任天真。
彼此年將老，平生分最親。
高天從所願，遠地得為鄰。
雲樹分三驛，煙波限一津。
翻嗟寸步隔，卻厭尺書頻。
浙右稱雄鎮，山陰委重臣。
貴垂長紫綬，榮駕大朱輪。
出動刀槍隊，歸生道路塵。
雁驚弓易散，鷗怕鼓難馴。
百吏瞻相面，千夫捧擁身。
自然閒興少，應負鏡湖春。

長恨歌

漢皇重色思傾國，御宇多年求不得。
楊家有女初長成，養在深閨人未識。

天生麗質難自棄，一朝選在君王側。
回眸一笑百媚生，六宮粉黛無顏色。
春寒賜浴華清池，溫泉水滑洗凝脂。
侍兒扶起嬌無力，始是新承恩澤時。
雲鬢花顏金步搖，芙蓉帳暖度春宵。
春宵苦短日高起，從此君王不早朝。
承歡侍宴無閒暇，春從春遊夜專夜。
後宮佳麗三千人，三千寵愛在一身。
金屋妝成嬌侍夜，玉樓宴罷醉和春。
姊妹弟兄皆列土，可憐光彩生門戶。
遂令天下父母心，不重生男重生女。
驪宮高處入青雲，仙樂風飄處處聞。
緩歌慢舞凝絲竹，盡日君王看不足。
漁陽鼙鼓動地來，驚破霓裳羽衣曲。
九重城闕煙塵生，千乘萬騎西南行。
翠華搖搖行復止，西出都門百餘里。
六軍不發無奈何，宛轉蛾眉馬前死。
花鈿委地無人收，翠翹金雀玉搔頭。
君王掩面救不得，回看血淚相和流。
黃埃散漫風蕭索，雲棧縈紆登劍閣。

峨嵋山下少人行，旌旗無光日色薄。
蜀江水碧蜀山青，聖主朝朝暮暮情。
行宮見月傷心色，夜雨聞鈴腸斷聲。
天旋地轉迴龍馭，到此躊躇不能去。
馬嵬坡下泥土中，不見玉顏空死處。
君臣相顧盡沾衣，東望都門信馬歸。
歸來池苑皆依舊，太液芙蓉未央柳。
芙蓉如面柳如眉，對此如何不淚垂。
春風桃李花開日，秋雨梧桐葉落時。
西宮南內多秋草，落葉滿階紅不掃。
梨園弟子白髮新，椒房阿監青娥老。
夕殿螢飛思悄然，孤燈挑盡未成眠。
遲遲鐘鼓初長夜，耿耿星河欲曙天。
鴛鴦瓦冷霜華重，翡翠衾寒誰與共。
悠悠生死別經年，魂魄不曾來入夢。
臨邛道士鴻都客，能以精誠致魂魄。
為感君王輾轉思，遂教方士殷勤覓。
排空馭氣奔如電，升天入地求之遍。
上窮碧落下黃泉，兩處茫茫皆不見。
忽聞海上有仙山，山在虛無縹渺間。

樓閣玲瓏五雲起，其中綽約多仙子。
中有一人字太真，雪膚花貌參差是。
金闕西廂叩玉扃，轉教小玉報雙成。
聞道漢家天子使，九華帳裏夢魂驚。
攬衣推枕起徘徊，珠箔銀屏迤邐開。
雲鬢半偏新睡覺，花冠不整下堂來。
風吹仙袂飄飄舉，猶似霓裳羽衣舞。
玉容寂寞淚闌干，梨花一枝春帶雨。
含情凝睇謝君王，一別音容兩渺茫。
昭陽殿裏恩愛絕，蓬萊宮中日月長。
回頭下望人寰處，不見長安見塵霧。
惟將舊物表深情，鈿合金釵寄將去。
釵留一股合一扇，釵擘黃金合分鈿。
但教心似金鈿堅，天上人間會相見。
臨別殷勤重寄詞，詞中有誓兩心知。
七月七日長生殿，夜半無人私語時。
在天願作比翼鳥，在地願為連理枝。
天長地久有時盡，此恨綿綿無絕期。

◎

韓愈
孟生詩

孟生江海士，古貌又古心。
嘗讀古人書，謂言古猶今。
作詩三百首，窅默咸池音。
騎驢到京國，欲和薰風琴。
豈識天子居，九重鬱沉沉。
一門百夫守，無籍不可尋。
晶光蕩相射，旗戟翩以森。
遷延乍卻走，驚怪靡自任。
舉頭看白日，泣涕下沾襟。
揭來游公卿，莫肯低華簪。
諒非軒冕族，應對多差參。
萍蓬風波急，桑榆日月侵。
奈何從進士，此路轉嶇嶔。
異質忌處羣，孤芳難寄林。
誰憐松桂性，競愛桃李陰。
朝悲辭樹葉，夕感歸巢禽。

顧我多慷慨，窮簷時見臨。
清宵靜相對，發白聆苦吟。
采蘭起幽念，眇然望東南。
秦吳修且阻，兩地無數金。
我論徐方牧，好古天下欽。
竹實鳳所食，德馨神所歆。
求觀眾丘小，必上泰山岑。
求觀眾流細，必泛滄溟深。
子其聽我言，可以當所箴。
既獲則思返，無為久滯淫。
卞和試三獻，期子在秋砧。

薦士

周詩三百篇，雅麗理訓誥。
曾經聖人手，議論安敢到。
五言出漢時，蘇李首更號。
東都漸彌漫，派別百川導。
建安能者七，卓犖變風操。
逶迤抵晉宋，氣象日凋耗。

中間數鮑謝，比近最清奧。
齊梁及陳隋，眾作等蟬噪。
搜春摘花卉，沿襲傷剽盜。
國朝盛文章，子昂始高蹈。
勃興得李杜，萬類困陵暴。
後來相繼生，亦各臻閫奧。
有窮者孟郊，受材實雄驁。
冥觀洞古今，象外逐幽好。
橫空盤硬語，妥帖力排奡。
敷柔肆紆餘，奮猛卷海潦。
榮華肖天秀，捷疾逾響報。
行身踐規矩，甘辱恥媚竈。
孟軻分邪正，眸子看瞭眊。
杳然粹而清，可以鎮浮躁。
酸寒溧陽尉，五十幾何耄。
孜孜營甘旨，辛苦久所冒。
俗流知者誰，指注競嘲慠。
聖皇索遺逸，髦士日登造。
廟堂有賢相，愛遇均覆燾。
況承歸與張，二公迭嗟悼。

青冥送吹噓，強箭射魯縞。
胡為久無成，使以歸期告。
霜風破佳菊，嘉節迫吹帽。
念將決焉去，感物增戀嫪。
彼微水中荇，尚煩左右芼。
魯侯國至小，廟鼎猶納郜。
幸當擇瑉玉，寧有棄珪瑁。
悠悠我之思，擾擾風中纛。
上言愧無路，日夜惟心禱。
鶴翎不天生，變化在啄菢。
通波非難圖，尺地易可漕。
善善不汲汲，後時徒悔懊。
救死具八珍，不如一簞犒。
微詩公勿誚，愷悌神所勞。

調張籍

李杜文章在，光焰萬丈長。
不知羣兒愚，那用故謗傷。

蚍蜉撼大樹，可笑不自量。
伊我生其後，舉頸遙相望。
夜夢多見之，晝思反微茫。
徒觀斧鑿痕，不矚治水航。
想當施手時，巨刃磨天揚。
垠崖劃崩豁，乾坤擺雷硠。
唯此兩夫子，家居率荒涼。
帝欲長吟哦，故遣起且僵。
翦翎送籠中，使看百鳥翔。
平生千萬篇，金薤垂琳琅。
仙官敕六丁，雷電下取將。
流落人間者，太山一毫芒。
我願生兩翅，捕逐出八荒。
精誠忽交通，百怪入我腸。
刺手拔鯨牙，舉瓢酌天漿。
騰身跨汗漫，不着織女襄。
顧語地上友，經營無太忙。
乞君飛霞佩，與我高頡頏。

◎

李賀
南園十三首（之六）

尋章摘句老雕蟲，曉月當簾掛玉弓。
不見年年遼海上，文章何處哭秋風。

◎

李商隱
韓碑

元和天子神武姿，彼何人哉軒與羲。
誓將上雪列聖恥，坐法宮中朝四夷。
淮西有賊五十載，封狼生貙貙生羆。
不據山河據平地，長戈利矛日可麾。
帝得聖相相曰度，賊斫不死神扶持。
腰懸相印作都統，陰風慘澹天王旗。
愬武古通作牙爪，儀曹外郎載筆隨。
行軍司馬智且勇，十四萬眾猶虎貔。

入蔡縛賊獻太廟，功無與讓恩不訾。
帝曰汝度功第一，汝從事愈宜為辭。
愈拜稽首蹈且舞，金石刻畫臣能為。
古者世稱大手筆，此事不繫於職司。
當仁自古有不讓，言訖屢頷天子頤。
公退齋戒坐小閣，濡染大筆何淋漓。
點竄堯典舜典字，塗改清廟生民詩。
文成破體書在紙，清晨再拜鋪丹墀。
表曰臣愈昧死上，詠神聖功書之碑。
碑高三丈字如鬥，負以靈鼇蟠以螭。
句奇語重喻者少，讒之天子言其私。
長繩百尺拽碑倒，粗砂大石相磨治。
公之斯文若元氣，先時已入人肝脾。
湯盤孔鼎有述作，今無其器存其辭。
嗚呼聖皇及聖相，相與烜赫流淳熙。
公之斯文不示後，曷與三五相攀追？
願書萬本誦萬過，口角流沫右手胝。
傳之七十有二代，以為封禪玉檢明堂基。

暮秋獨遊曲江

荷葉生時春恨生，荷葉枯時秋恨成。
深知身在情長在，悵望江頭江水聲。

蠅蝶雞麝鸞鳳等成篇

韓蝶翻羅幕，曹蠅拂綺窗。
鬥雞回玉勒，融麝暖金釭。
玳瑁明書閣，琉璃冰酒缸。
畫樓多有主，鸞鳳各雙雙。

無題（選六）

（一）

相見時難別亦難，東風無力百花殘。
春蠶到死絲方盡，蠟炬成灰淚始乾。
曉鏡但愁雲鬢改，夜吟應覺月光寒。
蓬山此去無多路，青鳥殷勤為探看。

（二）

來是空言去絕蹤，月斜樓上五更鐘。
夢為遠別啼難喚，書被催成墨未濃。
蠟照半籠金翡翠，麝熏微度繡芙蓉。
劉郎已恨蓬山遠，更隔蓬山一萬重！

（三）

昨夜星辰昨夜風，畫樓西畔桂堂東。
身無彩鳳雙飛翼，心有靈犀一點通。
隔座送鉤春酒暖，分曹射覆蠟燈紅。
嗟余聽鼓應官去，走馬蘭臺類轉蓬。

（四）

颯颯東風細雨來，芙蓉塘外有輕雷。
金蟾齧鎖燒香入，玉虎牽絲汲井回。
賈氏窺簾韓掾少，宓妃留枕魏王才。
春心莫共花爭發，一寸相思一寸灰！

（五）

重幃深下莫愁堂，臥後清宵細細長。
神女生涯原是夢，小姑居處本無郎。
風波不信菱枝弱，月露誰教桂葉香。
直道相思了無益，未妨惆悵是清狂。

（六）

鳳尾香羅薄幾重，碧文圓頂夜深縫。
扇裁月魄羞難掩，車走雷聲語未通。
曾是寂寥金燼暗，斷無消息石榴紅。
斑騅只繫垂楊岸，何處西南任好風。

◎

杜牧
冬至日寄小侄阿宜詩

小侄名阿宜，未得三尺長。
頭圓筋骨緊，兩眼明且光。
去年學官人，竹馬繞四廊。
指揮羣兒輩，意氣何堅剛。

今年始讀書，下口三五行。
隨兄旦夕去，斂手整衣裳。
去歲冬至日，拜我立我旁。
祝爾願爾貴，仍且壽命長。
今年我江外，今日生一陽。
憶爾不可見，祝爾傾一觴。
陽德比君子，初生甚微茫。
排陰出九地，萬物隨開張。
一似小兒學，日就復月將。
勤勤不自已，二十能文章。
仕宦至公相，致君作堯湯。
我家公相家，劍佩嘗丁當。
舊第開朱門，長安城中央。
第中無一物，萬卷書滿堂。
家集二百編，上下馳皇王。
多是撫州寫，今來五紀強。
尚可與爾讀，助爾為賢良。
經書括根本，史書閱興亡。
高摘屈宋艷，濃薰班馬香。
李杜泛浩浩，韓柳摩蒼蒼。

近者四君子，與古爭強梁。
願爾一祝後，讀書日日忙。
一日讀十紙，一月讀一箱。
朝廷用文治，大開官職場。
願爾出門去，取官如驅羊。
吾兄苦好古，學問不可量。
晝居府中治，夜歸書滿牀。
後貴有金玉，必不為汝藏。
崔昭生崔芸，李兼生窟郎。
堆錢一百屋，破散何披猖。
今雖未即死，餓凍幾欲僵。
參軍與縣尉，塵土驚伇劻。
一語不中治，笞筆身滿瘡。
官罷得絲髮，好買百樹桑。
稅錢未輸足，得米不敢嘗。
願爾聞我語，歡喜入心腸。
大明帝宮闕，杜曲我池塘。
我若自潦倒，看汝爭翱翔。
總語諸小道，此詩不可忘。